Profondément attaché à la ruralité et à ses valeurs, ***Alain Paraillous*** *a exprimé cette fidélité dans divers livres de souvenirs ainsi que dans de nombreux romans du terroir. Sa passion pour le patrimoine au sens le plus large du terme l'a aussi conduit à écrire des livres d'histoire, des adaptations pour enfants des grands textes d'auteurs et plusieurs ouvrages consacrés à la mémoire de l'école d'autrefois. Son scénario du film* L'Occitanienne, le dernier amour de Chateaubriand *en 2008 a contribué à le faire connaître d'un très large public.*

La Vallée des Joncières

Du même auteur

Aux éditions De Borée

Anouchka des landes
Anthologie polissonne
Demain viendra l'aurore
La Rose et le pampre
La Rumeur du fleuve
Le Bois des serments
Les Diables de la sablière
Les Fleurs de pierre
Les Peupliers du désert

Autres éditeurs

C'est pas d'ma fôte ! Dictionnaire drolatique des fautes d'orthographe et de grammaire les plus courantes
Cosette, album jeunesse
Dictionnaire drolatique du parler gascon
Fadette, album jeunesse
Gavroche, album jeunesse
L'École autrefois

Suite de la bibliographie de l'auteur en page 6.

TERRE DE POCHE
45, rue du Clos-Four – 63056 Clermont-Ferrand cedex 2

Notice historique

Après la défaite de 1870, nombre d'habitants de l'Alsace et de la Lorraine ont quitté leur province devenue allemande. Du jour au lendemain, ce n'est plus le français mais la langue de Goethe qui a été enseignée dans les écoles. Beaucoup de ces exilés sont partis vivre en Algérie, d'autres dans le Sud-Ouest où ils ont fait souche, remarquables par le dynamisme et l'inventivité qui sont si souvent la caractéristique des peuples persécutés. À travers l'histoire d'un enfant, Franz Meister, c'est l'épopée de ces exilés que retrace ce livre.

I

SITÔT QU'IL ENTENDIT SONNER la cloche de l'angélus, Franz sauta du lit, se débarbouilla d'eau froide, enfila ses habits et courut vers l'église. Les paroles que lui avait adressées la veille Charles Diringer, curé de la paroisse, résonnaient dans sa tête :

— Mon petit Franz, demain, nous sommes le 24 janvier : c'est la Saint-François, ton saint patron, et aussi le jour de ton anniversaire. Douze ans, c'est quelque chose ! Avant d'aller en classe, je célébrerai l'office pour toi, et nous ne manquerons pas d'évoquer le souvenir de ta chère maman. Ton papa ne peut manquer son travail, je le sais, mais le bon Dieu est compréhensif. Tu serviras la messe. Nous finirons assez tôt afin que tu ne sois pas en retard à l'école.

Quelques rayons de soleil, pointant à l'horizon, se reflétaient sur les tuiles du clocher. Les rues de Niederwihr étaient désertes. Même le forgeron Waeckel, qui d'habitude faisait office de réveille-matin, n'avait pas encore enclenché le carillon de son enclume. Seuls des paysans, levés avant l'aube, partaient en silence tailler les vignes. Celles-ci s'étendaient sur les pentes voisines jusqu'aux

forêts dont la lisière couronnait les coteaux. Ulrich Meister, le père de Franz, déjà à l'ouvrage, élaguait la profusion de pampres, ne gardant que les plus vigoureux, ceux qui porteraient les raisins aux prochaines vendanges.

Selon la coutume alsacienne, la ferme de Hans Schüller, où Ulrich était domestique, ne se dressait pas au milieu des terres, mais au cœur même du village. C'était l'une des plus importantes maisons du hameau, sur la rue qui descend vers Colmar.

Mobilisé dès le déclenchement de la guerre, Ulrich avait participé aux combats désespérés d'août 1870, à l'issue desquels la France, vaincue, avait dû céder l'Alsace et une partie de la Lorraine aux Prussiens.

Les épreuves s'ajoutant aux revers, son épouse Odile était morte pendant qu'il se battait à Sedan. Fièvre typhoïde foudroyante. La défaite, la mutilation du pays, le deuil, tout s'était accumulé. Le Ciel devait avoir des moments de distraction car l'abbé Diringer n'avait jamais eu qu'à se louer de cette famille. Odile comptait parmi les femmes les plus pieuses de Niederwihr et Franz était le plus assidu des enfants de chœur.

— Le vieux Müller, qui t'aime beaucoup et qui a été particulièrement sensible à ton malheur, viendra jouer de notre bel orgue exprès pour toi.

*

*   *

Le petit Franz, tout le monde l'aimait bien au village. Certes, ses cheveux roux lui avaient valu

quelques brocards, mais il était un compagnon si agréable et sensible, si inventif que ces moqueries étaient rares et ne duraient guère. Ses camarades l'avaient surnommé « l'Ingénieur », tant il était habile à construire de minuscules turbines dans les fossés, des catapultes lilliputiennes, des moulins à vent juchés sur des murettes. Il savait façonner des sifflets avec des noyaux de prune ou d'abricot. Pour le charpentier Louis Zimmermann, il avait réalisé la réplique en miniature de sa scierie. Ce gamin étonnant fabriquait aussi des pièges pour éliminer les taupes des jardins, les fouines des poulaillers. D'une agilité sans pareille, il grimpait au sommet des ormes pour dénicher les nids de pie. En récompense, les gens lui donnaient une part de gâteau ou quelque pièce de monnaie.

Oui, tout le monde l'aimait bien, le petit Franz Meister.

Surtout que sa rousseur ne l'empêchait pas d'avoir de fort jolis traits, parfaitement réguliers, qu'illuminaient de grands yeux bleus. À l'école, son exceptionnelle aptitude au dessin sidérait l'instituteur. Il savait reproduire à la perfection les objets, les animaux, les visages mais aussi tracer des plans, des croquis, concevoir des machines. D'un simple coup d'œil, il évaluait les proportions d'un bâtiment, d'un meuble et les restituait avec une justesse impeccable. Tout petit, déjà, avant même de savoir parler, il prenait un crayon, s'asseyait à une table et dessinait sur le moindre bout de papier qui lui tombait sous la main.

— Votre fils n'est peut-être pas le meilleur en orthographe, mais il est ingénieux comme

personne, et il ne fait aucun doute qu'il possède un don en dessin. Un don d'une incroyable précocité.

Ulrich n'avait pas été peu fier lorsque l'instituteur, M. Hamel, lui avait tenu ces propos.

*

* *

En entendant, à 7 heures du matin, les accents majestueux de l'orgue, les villageois dont les maisons jouxtaient l'église se demandèrent quelle lubie était passée par la tête de leur curé. En plus, un jour de la semaine, pas même férié. Et pour une messe basse.

Installé à ses deux claviers, Auguste Müller actionnait tous les registres de l'instrument, privilégiant les tirasses des hautbois et des fifres, promenant ses pieds sur les touches du pédalier, faisant vrombir en contrepoint les graves majestueux. Franz avait conçu un système de cordelettes et de poulies grâce auxquelles l'organiste pouvait soulever les soufflets sans l'aide de personne.

Le vieux Müller était lui aussi une figure attachante de Niederwihr. Ayant perdu la vue à l'âge de cinq ans par suite d'une maladie mal soignée, il avait été éduqué par un curé mélomane qui lui apprit la musique et le mécanisme des instruments. Malgré son infirmité, ce savoir lui avait permis de subsister, sa vie durant, comme organiste du village, réparant les orgues, les harmoniums des paroisses environnantes. Les pianos aussi. Plusieurs fois, Franz l'avait guidé pour se rendre dans des familles où la qualité particulière de son

ouïe et ses talents d'accordeur faisaient merveille. Quand la clientèle était trop éloignée, M. Schüller prêtait son âne, et l'enfant transportait le vieil homme sur une carriole attelée au bourricot.

— Je jouerai rien que pour toi, mon petit. Je te dois bien ça !

Ce matin-là, le village encore ensommeillé résonna de noëls alsaciens et de refrains populaires empreints de nostalgie. Le vieux Müller était meurtri de l'annexion de l'Alsace par l'Allemagne, comme la plupart de ses compatriotes. Plutôt que de devenir prussiens, beaucoup avaient quitté la province. Nombre d'entre eux étaient partis vers le sud-ouest de la France, d'autres avaient tenté, en Algérie, une existence nouvelle.

La messe dura plus longtemps que prévu. Il était difficile d'interrompre Müller qui mettait toute son âme à jouer ces mélodies d'autrefois. Après l'*Ite missa est* et la bénédiction finale, Franz, qui jeûnait depuis la veille en vue de la communion, n'était pas loin de défaillir.

— Que t'arrive-t-il, mon garçon ? fit le curé en le voyant tout pâle. L'estomac te manque, je parie ? Viens au presbytère, ma servante Esther nous a préparé un bon chocolat au lait avec du pain d'épice. Je suis sûr que notre ami Müller sera ravi de partager avec nous ces innocentes douceurs.

— Mais, monsieur le curé, ce doit être l'heure de l'école, et vous savez que M. Hamel ne badine guère. En plus, il doit nous interroger sur les participes, et j'ai le pressentiment qu'aujourd'hui ce sera mon tour.

— Allons donc, il attendra bien un peu, ce mécréant. Après tous les malheurs de notre pauvre pays – malheurs dont tu as eu largement ta part –, il ne va quand même pas nous chercher des histoires pour un retard de quelques minutes.

*

* *

L'estomac calé, son cartable à la main, Franz courut à toutes jambes vers l'école, tellement pressé qu'il ne remarqua pas une quinzaine de uhlans à cheval au milieu de la place principale. Ce qui le frappa, ce furent les aiguilles de l'horloge communale : 9 heures et quart ! La garantie d'une punition inéluctable. À bout de souffle, il n'entendit même pas le forgeron lui crier :

— Cours pas si vite, petit, tu y arriveras bien assez tôt à ton école !

Avant d'entrer, il jeta un coup d'œil par la fenêtre. Ses camarades étaient rangés à leur place. M. Hamel passait et repassait avec sa règle en fer sous le bras.

— Ce coup-ci, se dit Franz, en plus de mon anniversaire, ça va être ma fête !

Le plus discrètement possible, il ouvrit la porte et à pas de loup se dirigea vers les rangées du fond. C'est à cet instant qu'il aperçut, raide, le menton altier, debout contre le mur, un officier prussien en uniforme. Juste à côté, la mine défaite, le maire de Niederwihr. Et enfin un troisième personnage, court et ventru, la moustache martiale : tout en

lui, depuis le port de tête jusqu'à la cassure du col, indiquait sa provenance teutonne.

Intrigué, apeuré, Franz se glissa sur un banc inoccupé sans ouvrir son cartable.

Le visage de M. Hamel témoignait une gravité inhabituelle, différente de la sévérité que les gamins lui connaissaient. Un visage de tristesse. Depuis que Franz était entré, il n'avait rien dit, pas même pour le réprimander. Lentement, il se dirigea vers sa chaire.

Alors, debout, la gorge nouée, il s'adressa aux élèves :

— Mes enfants, c'est la dernière fois que je vous fais la classe. Berlin a donné l'ordre de ne plus enseigner le français dans les écoles d'Alsace et de Lorraine. Le nouveau maître vient de Stuttgart, il sera là demain.

À cet instant, les trompettes des uhlans éclatèrent sous les fenêtres. M. Hamel se leva, tout pâle.

— Mes amis, dit-il, je… je…

Il ne put achever sa phrase.

Alors il se tourna vers le tableau, prit une craie et écrivit aussi gros qu'il le put :

VIVE LA FRANCE !

Puis il murmura, la voix brisée :

— C'est fini… allez-vous-en…

Éberlués, tétanisés, les élèves se levèrent un à un et sortirent.

*

* *

Face à l'entrée de l'école, les trompettes continuaient de retentir. Intriguées par cette fanfare inattendue, les femmes ouvrirent les volets. Que se passait-il donc ce matin ? Après l'orgue, les clairons. Elles mirent le nez dehors, s'approchèrent, suivies du forgeron, du menuisier, du boulanger... Les vignerons quittèrent leur travail. Le curé lui-même se rendit sur les lieux. Une atmosphère oppressante étreignait cette foule.

— Cela me rappelle ce que j'ai vu à Strasbourg la nuit du 23 août 1870, murmura le facteur qui commençait juste sa tournée. Ils se sont rassemblés de cette façon, puis les obus ont éclaté et ils ont mis le feu à la ville.

Une vague de peur se répandit.

L'officier était sorti le dernier. Maintenant face à ses soldats, il orchestrait cette parade. Les trompettes stridentes, assourdissantes, hurlaient toujours. Pas une pointe de casque qui n'assenât à ces pauvres gens :

— Nous sommes vos maîtres, vous devez nous obéir.

Le Teuton court sur pattes, ventripotent et moustachu, encore jeune malgré son embonpoint, se tenait en bonne place : c'était un haut fonctionnaire, apparenté à Bismarck qui l'avait chargé de mener à bien le remplacement des maîtres d'école.

Les enfants n'avaient pas cherché à se disperser. Ils se tenaient serrés sous les fenêtres de la classe.

Ulrich arriva le dernier : son patron lui avait confié les sécateurs, il était allé les ranger dans une musette avec les chenilles et la pierre à affûter. La vue de cet attroupement le glaça de frayeur :

que faisaient ici ces soldats ? Cherchaient-ils un espion ? Un rebelle ? Allait-on fusiller des enfants ? Son fils, peut-être ?

Il se précipita vers Franz pour le questionner, le protéger. Dans sa hâte, il passa tout près de l'officier, le frôla, oubliant de se découvrir.

— *Halt !* éructa le Prussien, violacé d'indignation.

Les chevaux hennirent et reculèrent d'un pas. Ulrich se retourna, hébété.

— Ton nom, chien ?

— Meister… Ulrich Meister…

— Misérable ! C'est l'Allemagne que tu as refusé de saluer ! Voilà pour ton insulte !

De sa main gantée, l'officier gifla violemment le pauvre homme. Déséquilibré, la bouche sanglante, les yeux égarés par la douleur et l'humiliation, Ulrich tituba.

C'est alors que se produisit l'impensable. En l'espace d'un éclair, Franz bondit sur le Prussien, lui arracha le pistolet du ceinturon et le mit en joue.

Il y eut quelques secondes d'hésitation de part et d'autre. La main sur le sabre, les uhlans n'osaient bouger de peur de provoquer une catastrophe.

— Papa, file, va-t'en ! On se retrouve à la masure Gorbeau ! Vite, file !

Franz continua de tenir l'officier en joue jusqu'à ce que son père eût disparu. Puis, sans quitter des yeux les soldats, le pistolet toujours braqué, il s'engouffra dans une ruelle trop étroite pour que les chevaux se lancent à sa poursuite.

II

FRANZ CONNAISSAIT suffisamment les entrelacs du vieux village, les sentiers alentour abrités de haies, pour déjouer ses poursuivants. Il lui fallait courir, courir. Vite ! Encore plus vite. La sueur ruisselait sur ses yeux. Sa poitrine haletait comme un soufflet de forge. Des coups de marteau lui cognaient contre les tempes.

Se débarrasser du pistolet, beaucoup trop lourd, qui ralentissait sa course. Le lancer là, dans le fossé, ou au milieu de ces broussailles ? Non, trop visible.

Il arriva au ruisseau, franchit une passerelle de bois. À quelques mètres, la scierie de Zimmermann. Le bief. L'eau profonde. De toutes ses forces, il lança l'arme, le plus loin possible. Son corps lui parut plus léger. Il reprit sa course.

— Pourvu qu'ils me laissent le temps !...

*

* *

Après une heure de vaines recherches, l'officier prussien, furieux, décida des représailles.

— Quelques otages retenus et menacés de mort jusqu'à l'arrestation des coupables amèneront la population à plus de docilité. Je pense au maître d'école, qui s'est montré délibérément provocant et a contribué par son attitude à ce climat d'insurrection. Le maire également : il n'a désavoué l'instituteur ni esquissé le moindre geste pour neutraliser ce jeune voyou. Le curé aussi, cela va de soi : l'arrestation de ces prêcheurs en soutane impressionne le peuple.

Le haut fonctionnaire ventru, qu'attendaient à Berlin de brillantes perspectives, se montra perplexe. Des otages ? Et si l'on ne retrouvait pas les fugitifs, qu'en faire ? Les relâcher ?

— Nous serions ridiculisés. Les fusiller ? Ce serait prendre le risque de susciter des troubles.

L'entourage de Bismarck cherchait plutôt l'apaisement des esprits et la collaboration des personnalités influentes. Des représailles exercées sur des innocents ne seraient pas de nature à les encourager.

Ces arguments parvinrent à calmer la fureur du bouillant officier, auquel le haut fonctionnaire promit un avancement rapide en échange de sa bienveillante compréhension.

— Vos supérieurs vous sauront gré d'avoir évité des remous. Néanmoins, j'admets tout comme vous que les vrais coupables doivent être recherchés. Pas question de laisser à la population une image de faiblesse. Lancez vos soldats à la poursuite de ces rebelles. Ils se sont forcément dirigés vers la forêt, sur ces hauteurs. Renseignez-vous sur cette « masure corbeau ». Surveillez le territoire jusqu'à

la frontière. Faisons la preuve de notre autorité, de notre force, mais, de grâce, pas d'otages : la guerre est finie. Quand on est les maîtres, il faut savoir se montrer grands seigneurs !

*
* *

Les uhlans eurent beau interroger le maire, les villageois, le curé, personne ne sut les renseigner sur cette « masure corbeau ». Ou « Gorbeau », selon ce que certains avaient cru entendre. Était-ce une cabane ? Un lieu-dit ?

La « masure Gorbeau », c'était un nom convenu entre Franz et son père. Un dimanche de juillet 1869, ils étaient allés cueillir des myrtilles dans la grande forêt qui couvre les hauteurs. En semaine, Odile se faisait « myrtilleuse » comme beaucoup de femmes du pays : moins pour réaliser leurs propres confitures qu'en vue de vendre leur cueillette au marché. Un précieux pécule que se constituaient ainsi les familles pauvres.

En raison du repos dominical, les Meister s'y étaient rendus tous les trois. Au bout d'une heure, Franz, qui n'avait alors que huit ans, se lassa du patient ramassage et partit gambader parmi les arbres et les rochers. Les rochers surtout. Le lieu n'en manquait guère. Il y avait même les vestiges d'un ancien château fort presque entièrement détruit. À des époques lointaines, toutes ces crêtes en étaient hérissées, dominant et surveillant la vaste plaine rhénane. Certains se dressaient encore, quasi intacts, d'autres en mauvais

état. De beaucoup, comme celui-ci, ne subsistaient que des ruines. En poursuivant un lapin parmi les murs écroulés, Franz vit soudain le petit derrière blanc s'engouffrer entre des pierres. Par curiosité, il écarta les éboulis, aperçut un trou, se fraya un passage, s'y glissa et découvrit une salle souterraine de la taille d'une cuve à vin. Sans doute quelque ancien garde-manger destiné aux occupants de la forteresse.

— Papa ! Maman ! Venez voir ce que j'ai découvert !

Ulrich pénétra à son tour, alluma son briquet.

La salle, voûtée, présentait une construction en pierres de taille d'une parfaite régularité. Le lapin apeuré se tenait blotti dans un angle. Ses yeux gris-bleu luisaient à travers l'ombre. Sa poitrine dansait aux battements de son cœur.

— N'aie pas peur, joli lapin, murmura Franz, je ne te ferai pas de mal. C'est un bon abri que tu as là. Chaque fois que nous reviendrons ici, je passerai te voir. J'appellerai cette cachette… la masure Gorbeau.

Ce nom lui était venu subitement à l'esprit. Les maîtres d'école, pour la plupart républicains, faisaient connaître *Les Misérables* à leurs élèves et leur lisaient des pages de l'illustre exilé. C'est ainsi que M. Hamel les avait familiarisés avec Gavroche, Fantine, Jean Valjean… La « masure Gorbeau », c'était le nom du bouge parisien où M. Madeleine avait trouvé refuge pour échapper à Javert.

Les Meister étaient revenus là un dimanche d'automne à la recherche de girolles. Puis de

nouveau fin juin 1870, alors que tout le pays bruissait d'une possible guerre.

— Papa, si les Prussiens nous attaquent, on viendra se cacher à la masure Gorbeau. C'est bien le diable s'ils nous y retrouvent !

Quelques jours plus tard, Ulrich fut mobilisé. Franz revint à la cueillette des myrtilles seulement avec sa mère. Le petit lapin n'était pas au rendez-vous. Avait-il fait quelque mauvaise rencontre ? Un chasseur ? Un renard ?... Pas facile d'échapper à ceux qui vous pourchassent.

L'année suivante, Odile avait quitté ce monde. Le veuf et le jeune orphelin retournèrent sur les lieux en une sorte de pèlerinage triste. Ensemble, ils étaient redescendus au fond de la masure Gorbeau.

— On est bien ici, pas vrai, papa ? J'ai l'impression que, dans cet abri, aucun malheur ne peut nous atteindre.

*
* *

Franz courut, courut, courut à en perdre haleine.

— Pourvu qu'ils me laissent le temps...

Avec ses jambes lestes, il rattrapa si bien Ulrich qu'ils parvinrent en même temps à l'entrée du souterrain.

— Vite, papa, glissons-nous là-dedans ! Surtout, bouchons bien l'ouverture avec des branches et de la mousse !

Ils se tapirent au fond de cette niche providentielle, aussi haletants que le petit lapin trois ans plus tôt. Seuls filtraient quelques rais de lumière.

Rien ne se manifesta jusqu'au moment où ces minces filets s'affaiblirent. Alors des galops de chevaux, des voix gutturales résonnèrent tout autour, faisant vibrer la voûte. Quelques cavaliers se hasardèrent parmi les murs démolis, tournèrent, retournèrent. Une pierre se détacha pesamment et vint rouler jusqu'aux pieds des fugitifs.

Le père et le fils, serrés l'un contre l'autre, retenaient leur souffle.

L'angoisse fut de courte durée : bientôt les bruits s'éloignèrent, leur écho peu à peu disparut. L'homme et l'enfant étaient fort en peine de deviner quelle heure il pouvait être, mais la salle, de plus en plus obscure, finit par devenir complètement noire.

Seul régnait maintenant le silence habituel de la forêt, à peine dérangé par les cris lugubres des oiseaux de nuit.

Ils attendirent encore, se partageant un reste de pain d'épice donné par le curé. Enfin, une lueur pâle s'immisça parmi les interstices de l'ouverture : c'était la lune qui montait.

— Les Prussiens ont dû regagner leur caserne à présent, murmura Ulrich. Nous pouvons tenter de sortir.

— Pour aller où ?

— Il faut se diriger vers l'ouest. Tâcher d'atteindre la frontière. Les étoiles nous guideront.

Par chance, aucun nuage n'obscurcissait le ciel. Le croissant de lune et des milliers d'astres trouaient la masse dense de la hêtraie. Plus haut seulement se dressaient les sapinières.

— Tu reconnais le Chariot, Franz ? Si on s'égare, repère-toi à lui.

Le parfum de la mousse se mêlait à celui des feuilles mortes. Franz et Ulrich respirèrent l'air vif à pleins poumons, puis ils se mirent à courir, dévalèrent la pente. Celle-ci était couverte d'obstacles contre lesquels ils butaient, pierres éboulées, troncs brisés et pourris, branches tendues comme des griffes. Toutes les minutes, ils s'arrêtaient pour écouter.

Non, rien. Juste les pas furtifs d'un renard en quête d'une proie.

Ils sursautèrent au passage d'un vol de gerfauts qui rasa les cimes. Quelque animal avait dû les déranger.

Au fur et à mesure qu'ils avançaient, leur angoisse devenait plus forte. Si les uhlans avaient interrompu la traque, ils la reprendraient dès le commencement de l'aube. À moins qu'ils n'aient continué d'arpenter la forêt. Ce n'était pas dans leur nature de lâcher prise. Après les sapins et les hêtres, il y aurait cette plaine à franchir avant d'atteindre la frontière. À découvert.

— Pourvu qu'ils nous laissent le temps…

Les buissons s'accrochaient à leurs habits, harcelaient la peau, giflaient le visage.

— Pourvu qu'ils nous laissent le temps…

Et tout à coup ce hurlement terrible :

— *Halt !*

Ulrich se baissa, mit la main sur l'épaule de Franz.

— Ne bouge pas ! Je vais les attirer vers les sapins. Dès qu'ils se lanceront à ma poursuite, fonce droit devant toi !

— Mais…

— Ne discute pas, cours vite ! Au revoir Franz ! Que Dieu te garde…

Ulrich se releva, fit quelques pas avec précaution, puis détala comme une flèche.

La voix hurla de nouveau :

— *Halt ! Halt !*

Un coup de feu raya l'ombre.

Tête baissée, sans rien voir, fouetté par les branches, griffé par les ronces, Franz courait de toutes ses forces. À part les deux bouchées de pain d'épice partagées avec Ulrich, rien n'avait apaisé son estomac depuis son petit déjeuner au presbytère. Il sentait venir une défaillance inévitable. Les arbres se mirent à tourner autour de lui. Enfin, une sensation de vent froid et de lumière le pénétra, et il ne vit plus rien.

III

À SON ÉVANOUISSEMENT avait dû succéder un long somme car ses yeux se rouvrirent sur une cascade de soleil. Presque en même temps, à trois pas de son visage, il distingua un mufle de cheval.

Les Prussiens !

Il étendit son regard, considéra l'animal. Pas de cavalier. Pas de harnais. Dressé devant lui, entre les fûts de deux hêtres centenaires, un magnifique cheval pie le regardait avec curiosité.

Soulagement : les chevaux des hussards prussiens présentent un pelage uniforme, gris ou fauve. Seuls les Romanichels possédaient des chevaux pie. Il en avait déjà aperçu à Niederwihr, traînant une roulotte.

Qui avait bien pu amener ce cheval ici ? Instinctivement, il appela :

— Papa ?...

Ce qui s'était passé lui revint en mémoire : le « *Halt !* » guttural qui avait déchiré la nuit, son père qui avait filé, le coup de feu. Mon Dieu, avait-il été touché ?... Blessé ?... Tué ?...

Le cheval secoua la tête, se baissa, se releva, exécuta quelques tours. Des tours de cirque. Ce qui

confirmait son idée : un cheval de Romanichels. L'animal penchait son dos vers Franz, s'accroupissait, se redressait, recommençait cet étrange manège.

— On dirait qu'il m'invite à lui grimper dessus !

Le cheval émit un hennissement très sonore et opina du chef, comme s'il avait compris.

— Pourquoi pas, mon coco ? Allons-y, puisque c'est ton idée !

D'un bond, Franz sauta par-dessus la croupe et s'avança jusqu'à la crinière pour s'y cramponner.

La bête démarra d'un bond, zigzagua parmi les arbres, fonça sans hésiter vers une direction qu'elle semblait connaître. En moins d'une heure, l'enfant et le cheval furent sortis de la forêt, abordant au grand jour cette plaine à découvert que redoutait le pauvre Ulrich.

Le coursier continuait son galop, empruntant d'étroits chemins bordés de haies, franchissant des guérets, longeant des houblonnières, se riant des obstacles. Franz n'avait jamais grimpé sur un cheval mais son agilité, sa souplesse lui évitèrent d'être désarçonné. L'instinct de survie lui commandait de continuer, de faire confiance à ce sauveteur miraculeux. Après tout, qu'il l'emmène où il le voulait, pourvu que ce soit loin des Prussiens !

L'animal fougueux esquiva les villages, choisissant plutôt les sentiers, les lieux déserts. Pourtant, après une heure de galopade, il pénétra dans un hameau, ralentit, passa au trot devant un beffroi dont l'horloge indiquait midi, suivit jusqu'au bout la rue principale. Après la dernière maison, il s'arrêta

au bord d'un pré. Franz y aperçut deux roulottes et un autre cheval pie.

Un gamin surgit et l'interpella :

— Et alors, tu me voles mon cheval ?

Franz n'eut pas le temps de répondre. Épuisé de fatigue, de faim et d'émotion, il glissa de la monture et s'affaissa sur l'herbe. Comme dans la forêt quelques heures plus tôt, il perdit connaissance.

*

* *

À demi réveillé, environné d'un halo, il distingua plusieurs paires d'yeux rivés sur lui. À mesure que le flou se dissipait, il reconnut le visage du garçon qui l'avait accueilli vertement. Tout en reprenant ses esprits, il s'aperçut qu'il était allongé sur une sorte de banquette et comprit qu'on l'avait transporté à l'intérieur d'une des roulottes. Une femme qui lui parut fort vieille lui palpait les joues.

— Cet enfant est mort de faim !

Elle se redressa, sortit, se dirigea vers un bivouac et revint avec une assiette fumante.

— Tiens, petit, avale cette soupe, ça va te requinquer.

Cette femme n'était peut-être pas si âgée, mais elle avait un teint de bronze, la peau burinée, et arborait un solide embonpoint qu'accentuait une longue jupe multicolore. Sur sa tête était noué un foulard à carreaux blancs et rouges. Deux énormes pendentifs de cuivre et de verroterie se balançaient à ses oreilles.

— Ma parole, s'exclama-t-elle, pas besoin de s'appeler Marishka la Voyante pour deviner que cet enfant n'a rien mangé depuis deux jours ! Est-ce que je me trompe, gamin ? Non ? Ça t'épate, hein ? Tu as devant toi Marishka, la célèbre voyante extralucide. Spécialiste des cartes, du marc de café, de la boule de cristal et des lignes de la main. Je lis le passé, le présent, l'avenir et tout ce que l'honorable clientèle veut savoir : amour, santé, réussite, le tout pour cinq francs seulement.

Étourdi par cette avalanche de paroles, Franz considéra un à un les étranges visages qui l'entouraient. Tous portaient de grosses boucles d'oreilles, même les hommes. Aucun doute, c'était bien une famille de Romanichels. Certains prétendaient que ces gens-là volaient les enfants. C'étaient des Gitans qui avaient enlevé la jeune Esmeralda à sa mère. Victor Hugo en avait fait un magnifique roman dont M. Hamel leur avait lu maints chapitres. Mais la mine de ses hôtes était plutôt rassurante, et Franz avala sans hésitation le breuvage roboratif.

— Maintenant, petit, que dirais-tu d'une copieuse omelette ?

La voyante extralucide devinait décidément tous les souhaits de son estomac.

— On a beau pas être riches, je peux te faire ça. Hier, Lazlo a visité un poulailler et il en a ramené des œufs frais.

— Un plein chapeau, confirma un grand brun osseux. Pour pas les séparer de leur maman, j'ai aussi chipé la poule que nous aurons l'honneur de déguster ensemble demain à midi.

Ses cheveux, foncés et luisants, de vraies plumes de corbeau, lui couvraient le cou et les oreilles. Il portait une fine moustache aussi noire que le charbon dont M. Hamel emplissait chaque matin le poêle de l'école.

D'une parole à l'autre, toute la famille se présenta : Zordan, le père, époux de Marishka la Voyante et chef de la tribu Zampa ; leur fille Kamli, danseuse, une adolescente dont les traits gracieux et la silhouette fine laissaient présager une beauté qui s'épanouirait bientôt.

— Et moi, c'est Django, le petit dernier, à qui tu as emprunté Kalari, l'un de nos deux chevaux. Ce cavaleur n'hésite pas à nous fausser compagnie dès qu'on le détache, comme tu as pu le remarquer. Nous sommes des artistes : clowns, musiciens, chanteurs, acrobates.

Sauf la moustache qui ne lui poussait pas encore, et la taille forcément moindre, le « petit dernier » était la copie conforme de l'aîné : mêmes cheveux longs et noirs, même regard aigu.

— Artistes, oui, mais les temps sont devenus difficiles, reprit Lazlo. Surtout depuis cette maudite guerre. Après le spectacle, la sébile peine à se garnir. Les gens sont moins généreux. Ma parole, ils ont de la glu au fond des poches ! Alors, pour ne pas mourir de faim, nous devons parfois nous servir nous-mêmes.

Toute la famille approuva bruyamment.

— Ce qui nous a aussi causé du tort, ajouta la jolie Kamli, c'est la mort de notre ourse, Macha, au printemps dernier. Avant, je faisais avec elle un beau numéro de tambourin, ça plaisait, et

les gens lâchaient plus facilement leurs pièces. Malheureusement, la pauvre Macha a attrapé une mauvaise fièvre et le vétérinaire, qui nous a pourtant coûté une fortune avec ses potions, n'a pas réussi à nous la sauver.

— On a quand même nos chiens savants, Roméo et Tybalt. C'est moi, Django, qui m'en occupe. Je leur ai appris plein de tours. Mais, question effets, ça remplace pas l'ourse.

Marishka ne voulut pas être en reste :

— Même l'avenir, ça ne rapporte plus autant. Ce qui paie, c'est d'annoncer de bonnes nouvelles, un bel avenir. La preuve, c'est qu'on nous appelle « les diseuses de bonne aventure » et pas « de mauvaises aventures » ! Alors, avec la guerre, les Prussiens, le siège de Paris, la moitié de la capitale qui a brûlé, enfin quoi, tout ce qu'on a connu depuis deux ans, les nouvelles réconfortantes, faut vraiment voir l'avenir très loin pour tenter de les deviner... En France, on pleure l'Alsace et la Lorraine, ici on pleure la France, tout ça ne vaut rien pour nos affaires !

Franz écoutait, hochant la tête, acquiesçant de son mieux. Après sa fuite éperdue, la traque par les Prussiens, deux évanouissements, il atterrissait au milieu de cet univers si étranger à ses habitudes, à son mode de vie. Il y avait de quoi être déboussolé. Entre ses pensées et ce torrent de paroles, c'était un chassé-croisé tumultueux.

— Et mon père... que lui est-il arrivé ?... Est-il tombé aux mains des uhlans ? A-t-il été blessé ?... ou pire ?...

Des larmes se mirent à couler sur ses joues pâles. Avec les yeux attendris des bergers de Bethléem, toute la famille Zampa regardait ce jeune garçon frêle à la chevelure rousse, venu on ne savait d'où, ni pourquoi il était arrivé jusqu'ici. Dans ce tableau touchant, Zordan aurait pu figurer Balthazar, le Roi mage accouru d'Arabie, tant la peau de son visage paraissait barbouillée à l'anthracite. Il s'approcha :

— Et toi, petit, quelle est ton histoire ?

Franz était intrigué : cette noirceur était-elle due à ses origines ? Aux abondantes cicatrices qui zébraient sa peau ?

— Mon histoire ? fit-il, l'esprit encore chamboulé.

Après un instant d'hésitation, il raconta tout : la dernière classe de M. Hamel, les uhlans paradant et pétaradant, l'arrogance du Prussien, la brutalité de la gifle…

— Je ne sais pas ce qui m'a pris, j'ai foncé sur l'officier, je lui ai arraché son pistolet et…

Il narra sa fuite, l'attente dans la cachette, la course à travers la forêt, les Prussiens aux trousses, le coup de feu…

— Mon Dieu, mon pauvre papa ! Sans doute est-il mort…

Zordan réfléchit.

— Après le coup de feu, tu l'as entendu crier, ton père ?

— Non, rien.

— Alors c'est bon signe. Neuf fois sur dix, celui qui est touché par une balle pousse un cri.

— À moins qu'il soit mort sur le coup… suggéra imprudemment Django.

— Tais-toi, innocent, que tu ne sais pas ce que tu dis, et en plus tu risques de porter la poisse. Marishka, vite, croise les doigts, conjure le sort !

Un long silence s'ensuivit au cours duquel la voyante extralucide, les yeux révulsés, s'inclinant, se redressant, psalmodiant des paroles incompréhensibles, agita ses mains et ses doigts à la façon d'un oiseleur sur le plumage d'une tourterelle.

— Bon, ça va comme ça, interrompit Zordan lorsqu'il estima que ces incantations avaient assez duré. Si j'ai bien compris, après ton coup d'éclat, tu n'es plus en sécurité en Alsace. Tu n'y es plus *persona grata*, comme m'a dit le juge quand il nous a chassés de Strasbourg le mois dernier. Tout ça pour quelques pommes et un peu de pain prélevé aux étalages. Et encore, pas dans les boutiques, mais sur le marché où nous étions venus vendre nos paniers. Parce que, tant que l'art ne nourrit plus son homme, on fait aussi de la vannerie.

— T'égare pas, va droit au but, grommela Marishka, visiblement contrariée de n'avoir pu achever ses sortilèges.

— Justement, j'y vais, au but. Donc, figure-toi, petit, qu'on nous veut plus en Alsace. Toi on te recherche, nous on nous expulse. Ce qui revient à peu près au même. « Expulsés, il a dit le juge. Toi, Zordan, et toute ta tribu. » On a reçu un papier où c'est marqué : pour passer la frontière, il faudra le présenter aux douaniers.

— Abrège, mon homme, je vois où tu veux en venir, alors dis-le tout de suite.

— Oui, Marishka, tu vois… Bien sûr que tu vois, c'est normal puisque tu es voyante, mais

lui, ce petit, il voit pas forcément. Alors faut bien que j'y explique. Donc nous voilà expulsés, moi, ma femme, mes fils et ma fille. Seulement, sur le papier, il a pas précisé combien j'avais de fils : au lieu de deux, je peux bien en avoir trois, pas vrai ? À la frontière, pour les douaniers, pourquoi tu serais pas mon fils ?

Kamli risqua :

— Avec ses cheveux roux ?

— Et sa peau blanche ? renchérit Lazlo.

Zordan se gratta le menton.

— Évidemment, c'est un problème…

Il frappa ses mains, l'air subitement inspiré. Archimède sortant de sa baignoire en criant : « Eurêka ! »

— Un problème, certes… mais un problème qui n'est pas insoluble ! C'est pas à des artistes comme nous qu'on va apprendre à se grimer. Avec de la suie dans les cheveux et du cirage sur les joues, je vous fiche mon billet que je vais faire de… de… Au fait, comment t'appelles-tu ?

— Franz… Franz Meister.

— Donc, qu'on peut faire de Franz Meister un parfait Romanichel. Du moins le temps de passer la douane. Alors Franz, est-ce que tu acceptes de partir à l'aventure en notre compagnie ?

Franz leva les yeux avec un mélange de reconnaissance et de tristesse.

— Et mon papa, alors ?…

Zordan se montra formel :

— Ton papa, s'il est aussi dégourdi que toi, il se sera tiré d'affaire, n'aie pas d'inquiétude. Tu dois faire confiance à sainte Sara, notre patronne, et à

la Sainte Vierge que nous ne manquerons pas de prier. Et aussi à Marie Jacobé, sa sœur, et Marie Salomé, les saintes Maries de la mer auprès de qui nous allons, au moins tous les deux ans, le 25 mai, en Provence.

En entendant ces mots, Marishka et Kamli esquissèrent un signe de croix et baisèrent une médaille qu'elles portaient autour du cou.

— Si tu restes en Alsace, poursuivit Zordan, c'est pas ça qui aidera ton père. D'ailleurs, s'il apprend que tu es parti, il sera soulagé.

— Oui, ajouta Django, il sera soulagé que tu n'aies pas été pris par ces satanés Prussiens !

Les yeux pleins de feu, Marishka lança ses mains en avant, l'index et le majeur tendus et écartés comme des langues de reptile.

Django s'approcha de Franz avec beaucoup de douceur :

— Alors, tu acceptes ? On pourrait devenir copains tous les deux...

IV

Le douanier, robuste quinquagénaire à volumineuses moustaches roulées, lut attentivement le papier que lui tendait Zordan.

— Hum… hum… Je vois… Je vois…

La sévérité de son visage aurait pu présenter quelque chose d'effrayant si une rondeur des joues et du ventre ne lui avait conféré une réelle bonhomie. Mais la gravité de sa fonction l'obligeait à dissimuler. Il se dirigea vers les roulottes, les ouvrit, balaya l'intérieur et les occupants d'un coup d'œil rapide. Crispé sous son maquillage, Franz retenait son souffle.

— Bon, ça va, vous pouvez passer !

En refermant la portière, le douanier ajouta d'un air complice :

— Bon vent, et vive la France !

Lentement, le convoi s'ébranla, les chevaux prirent de l'allure et se mirent à trotter.

À tous, il sembla que l'air devenait plus respirable. La température était douce pour la saison, le soleil brillait. Les premiers villages traversés laissaient entrevoir, derrière les volets à claire-voie, les vieux appuyés sur le dossier de leur chaise,

fumant d'impressionnantes pipes en porcelaine. Lourdement, les vaches allaient à l'abreuvoir. Rien pour Franz qui ne fût très différent de sa vie antérieure. Le pays perdu continuait à se perpétuer à travers ces images. Pourtant, il sentait au fond de lui la douleur vive d'une déchirure : celle de la séparation d'avec les êtres et les choses que l'on a intensément aimés.

À la première fontaine rencontrée au bord de la route, le convoi s'arrêta pour lui permettre de se débarbouiller. Après d'abondantes giclées d'eau et quelques frictions énergiques, il redevint le petit rouquin d'avant. Celui qu'il était voilà deux jours encore, quand rien ne laissait présager ce nouveau destin.

Ballottés par les cahots de la roulotte, Django et Kamli lui parlèrent de leur existence.

— De toute façon, nous aurions quitté l'Alsace, expliqua le garçon. Pas besoin d'être « expulsés », comme ils disent, sous prétexte qu'on est plus *perso... perso...*

— *Persona grata*, souffla sa sœur. En Alsace, on n'est plus *persona grata.*

— Si tu veux. De toute façon, nous, les Gitans, il faut qu'on bouge. Tu vois, Franz, tu nous mets dans une maison, tout le confort, tranquilles, eh bien au bout de six mois, à regarder le même arbre toujours au même endroit devant la porte, on devient fous. Alors on tourne autour de la France, tantôt dans un sens, tantôt dans l'autre. Cette fois, nous allons descendre en direction de Bordeaux et nous remonterons par la vallée du Rhône.

Kamli ne voulait pas céder à son frère le monopole du récit :

— Il y a deux ans, on a fait l'inverse. On était partis de Colmar à Pâques pour être aux Saintes-Maries-de-la-Mer le 25 mai…

— Le pèlerinage des Gitans ! précisa Django.

Ils roulèrent toute la journée, grignotant une petite provision de noisettes et quelques croûtons de pain sec, sans s'accorder de halte. Comme s'ils avaient voulu s'éloigner au plus vite de ce pays devenu triste.

— Mon père te l'a expliqué, poursuivit Django, nous ne pouvons pas vivre uniquement de nos spectacles. En tout cas depuis la guerre. Nous sommes aussi vanniers. Vannier, tu sais ce que c'est, Franz ?

— Bien sûr ! C'est celui qui tresse les osiers. À la maison, pour cueillir les myrtilles et les girolles, nous avions deux grands paniers. Avec la corbeille, ma mère portait le linge au lavoir.

À ces mots, Kamli décela un nuage dans le regard de Franz.

— Ta mère ?…

Le voyant baisser les yeux et retenir un sanglot, elle se garda d'insister.

— C'est ça, enchaîna Django, à qui ce trouble n'avait pas échappé, nous fabriquons des paniers, des corbeilles, et tout un tas d'autres choses. Nous rempaillons les chaises, nous habillons les bonbonnes et les dames-jeannes. C'est aussi pour cette raison que nous nous dirigeons régulièrement vers le Sud-Ouest, entre Bordeaux et Toulouse. Un lieu où des ruisseaux, des fleuves, des rivières

viennent se rejoindre. Tout ça sur une dizaine de kilomètres : la Garonne, le Lot, la Baïse, la Gélise, l'Auvignon, l'Ourbise...

En entendant ces noms réunis, Franz trouva qu'avec leurs rimes ils sonnaient comme des antiennes d'antan. Des noms qui donnaient envie de s'y arrêter et d'en goûter l'eau fraîche.

— Sur leurs rives, les osiers prolifèrent, et les vignerons en coupent les rejets avec lesquels ils attachent les pampres.

— Il n'y a pas que les paysans que ces *vimes* intéressent, ajouta Kamli. Nous y faisons notre provision pour notre modeste industrie.

Lazlo, qui tenait les rênes et s'ennuyait tout seul à l'avant de la roulotte, intervint à son tour :

— Vois-tu, Franz, non seulement les osiers poussent à profusion là-bas, mais notre marchandise s'y vend bien, en particulier dans une bourgade qui porte le joli nom de la Vierge. Un petit port sur les rives de la Garonne, appelé Port-Sainte-Marie. Les coteaux des alentours sont plantés de vignes qui ne produisent pas de vin mais un raisin blanc, le chasselas, dont on picore les grappes. Comme en Alsace les quetsches ou les myrtilles. Les paysans les cueillent et les vendent dans des corbeilles. Tu te rends compte !

Les roulottes continuaient d'avancer, plus secouées que des barques sous la tempête. Les estomacs des voyageurs cahotaient aussi. La longue muraille des Vosges s'éloignait peu à peu et le soleil disparaissait derrière elle. La campagne devenait obscure. Les premières étoiles scintillaient déjà. Au sortir d'un carrefour, la caravane emprunta un

chemin étroit que ses conducteurs semblaient parfaitement connaître. Elle s'arrêta au bord d'un pré où croissaient de hautes herbes.

— Ici, déclara Zordan, les chevaux pourront au moins se gaver la panse. De toute façon, ils sont les seuls à avoir travaillé aujourd'hui. Quant à nous, qui dort dîne, pas vrai ?

— On fait pas un peu de feu avant de se coucher ? hasarda Kamli.

— Du feu ! Du feu ! Mademoiselle ma fille, seriez-vous frileuse ? À votre âge, on doit avoir le sang chaud. Pour un bivouac, on verra demain ! À cette heure, papa Zordan n'aspire qu'à dormir, et ta mère aussi : regarde-la, elle tombe de sommeil !

Tous obéirent au patriarche, s'allongèrent sur les banquettes, ou directement sur le plancher des roulottes, après y avoir étendu des nattes de jonc. Marishka distribua des bures grossières et des peaux laineuses dont ils se couvrirent.

*

* *

Quoique épuisé par tous ces événements, Franz tarda à s'endormir. Son cœur meurtri, ses membres en capilotade, la nouveauté de sa couche empêchèrent le sommeil de le gagner rapidement. Il se tournait, se retournait.

La nuit était déjà bien avancée quand un craquement du timon réveilla Django. Il s'aperçut que les yeux bleus de son petit camarade étaient ouverts. Un rayon de lune, glissant par un interstice, s'y reflétait.

— Tu ne dors pas, Franz ? Tu veux que je te raconte une histoire ?

— Je veux bien…

— Alors écoute. L'endroit où l'on va, c'est une vallée. Pour moi, elle a quelque chose de féerique. Elle descend d'un coteau, en pente douce. Verte comme celle-là, j'en connais pas d'autres. Au milieu, il y a un ruisseau bordé d'aulnes, d'osiers, et partout des champs de joncs. De toutes les espèces. À cause de cela, on la nomme la « vallée des Joncières ». Il y a notamment une variété particulière que les gens du pays appellent la *sigorre*[1] : un jonc à la fois très fin et très dur. Mon père s'en sert pour rempailler les chaises. Notre grand-père, notre arrière-grand-père connaissaient déjà cette plante. Grâce à elle, un rempaillage est beaucoup plus rapide et donc bien moins coûteux. Mais tout aussi solide. On dirait un cannage, avec une trame très large. En une paire d'heures, la chaise est refaite, au lieu d'une journée entière.

— La vallée… des Joncières ?

— Oui, c'est ça. En plus des osiers et des joncs, les rives du ruisseau sont parfumées de menthe. L'été, au plus fort de la chaleur, le courant laisse sur son passage une fraîcheur extraordinaire qui sent bon elle aussi. C'est peut-être tout cela qui rend accueillants les habitants de cette vallée. Nous savons aussi rétamer les casseroles, affûter

1. *Sigorre : en gascon, sigorra. Sorte de jonc très dur qu'on trouve dans la vallée qui va de Buzet à Xaintrailles en Lot-et-Garonne. Il existe dans le Médoc une variété analogue appelée carex.*

les couteaux, carder la laine des matelas... Alors les gens nous attendent. D'autant plus qu'on n'y est pas revenus depuis trois ans, juste l'année d'avant la guerre.

La lueur des étoiles rendait encore plus émerveillé le visage de Django. De sa voix émanait quelque chose d'aérien. Le petit Alsacien l'écoutait, ébahi.

— Je vais te confier quelque chose encore, Franz. Là-bas, j'ai un ami nommé Pierre. Il est plus âgé que moi et doit approcher des vingt-deux ans. Mais ça fait rien, on est amis malgré cette différence. Si tu savais comme il me tarde de le revoir ! Son père possède un moulin sur le ruisseau. Je suis tellement sûr que tu auras du bonheur à le connaître.

Peu à peu, Franz oublia sa fatigue et ses chagrins. Sa gorge contractée se desserra. « On pourra devenir copains », lui avait proposé Django. « Copain », « ami », ces mots résonnaient joliment dans sa tête. Il n'était plus seul à présent, et il n'était pas perdu puisqu'il faisait route vers ce pays enchanté.

V

ROMÉO ET TYBALT, les chiens savants de la troupe, n'étaient pas seulement doués pour des numéros de cirque. Au cours de leurs pérégrinations, Lazlo les avait dressés à rapporter quelque gibier susceptible d'apaiser leurs appétits si souvent en détresse. Tâche dont ces deux charmants artistes s'acquittaient avec conscience, même si aux abords des fermes il leur arrivait de se tromper de proie et de rapporter une poule grasse ou un canard dodu.

Par malchance, les voyageurs ne croisèrent pas beaucoup de basses-cours : une semaine durant, ils durent se contenter d'un lapereau en guise de festin, et de baies sauvages, de sorbes, de nèfles, pour compléter le menu. Plus que jamais les ventres étaient creux. Une fringale opiniâtre tenaillait celui de Franz. Avec papa Ulrich, il avait toujours mangé à sa faim. Tous les soirs, une ravigotante soupe chaude l'attendait sur la table. La nuit, même depuis la mort de maman Odile, jamais il n'avait dormi ailleurs que dans un bon lit, avec des draps sous lesquels il était doux de se glisser, enfoui sous des *coittes*. Pas un jour d'hiver

sans qu'Ulrich, au retour de son travail, n'allume dans l'âtre une brassée de sarments.

Le vent tourna subitement au nord. Le temps, qui s'était mis à la pluie, virait à la neige. En montant un chemin boueux, tous durent descendre et pousser les roulottes. Jusqu'à ce qu'il puisse se sécher devant une flambée de vieilles voliges arrachées à une cabane, Franz grelotta sous ses vêtements mouillés. Une oie chapardée le lendemain – une imprudente qui s'était un peu trop éloignée du bercail – rasséréna leurs entrailles.

Ces expédients ne pouvaient constituer que des solutions provisoires. On était loin encore de la vallée des Joncières, ce pays de cocagne, cette terre promise où ils trouveraient à profusion des victuailles, mais aussi des joncs et des osiers pour tresser des paniers, des corbeilles... Leurs réserves étaient depuis longtemps épuisées et ils n'avaient plus rien à vendre. À l'approche de la Chandeleur, disposer de quelques sous relevait de la plus extrême urgence : au moins de quoi acheter des œufs, du lait, de la farine pour permettre à Marishka de faire valser les crêpes.

*

* *

Enfin, après avoir traversé, jour après jour, des campagnes pauvres et à demi désertes, ils atteignirent un village pimpant où le carillon des cloches, les femmes et les enfants coquettement vêtus se dirigeant vers l'église leur indiquèrent que c'était dimanche. Jour du Seigneur, et de distraction

quand on peut. Zordan ne chercha pas à dissimuler son soulagement :

— La température s'est radoucie, depuis ce matin le soleil est revenu, c'est l'occasion ou jamais de tenter notre chance !

La petite caravane fit halte sur la place principale, à deux pas du clocher. Quoique profondément religieux, les Zampa, comme la plupart des Gitans, n'assistaient guère aux offices, sauf pour les pèlerinages à la Vierge ou à sainte Sara. De toute façon, leurs estomacs criaient à ce point famine que l'impératif se situait ailleurs. Tandis que leur parvenaient, franchissant la mince épaisseur des vitraux, la cantilène des versets, des répons et les échos sonores de l'homélie, la troupe affamée exhuma des malles ses tenues de spectacle.

Enfin résonnèrent les accents allègres de l'*Ite missa est*, suivis du cantique final *Sauvez, sauvez la France au nom du Sacré-Cœur*, aux paroles inspirées par les récentes tragédies que le pays venait de vivre. Après quoi, l'harmonium entonna un hymne martial. Les portes se rouvrirent et les ouailles commencèrent à quitter la nef. Pour les Zampa, c'était le moment de se manifester. Lazlo frappa son tambour de vigoureux coups de baguettes et Zordan annonça le spectacle pour l'après-midi.

— Mesdames, mesdemoiselles et messieurs, une chance unique vous est offerte ! (Tambour.) Sitôt après votre repas, la troupe Zampa vous présentera un programme tel qu'on n'en voit pas de mieux dans les salles parisiennes. Vous aurez d'abord de la danse classique exécutée par l'incomparable danseuse étoile Kamli entourée de ses partenaires,

nos chiens savants Roméo et Tybalt ! (Tambour.) Mademoiselle Kamli, Roméo et Tybalt, saluez ! (Tambour.) Elle sera accompagnée par des airs de violon que j'exécuterai moi-même, Zordan Zampa, premier prix du conservatoire de Rome. (Tambour.)

Bien que cette dernière assertion fût passablement exagérée, Zordan était réellement musicien, avec une généreuse voix de baryton. Lors de la saison 1867 du Châtelet, il avait même participé, en qualité de choriste remplaçant, à la création de *Roméo et Juliette* de Gounod. Une opportunité qu'il devait, insinuaient certains, à la sympathie particulière que lui vouait la cantatrice Marie Carvalho. Il faut dire qu'avant d'être victime d'une bagarre qui lui avait laissé de profondes cicatrices Zordan avait été fort séduisant, avec ce charme très particulier des Tziganes. L'illustre soprano lui avait offert une montre-gousset en argent, où elle avait fait graver : *À Zordan, de tout mon cœur.*

C'est en souvenir de ce moment de gloire qu'il avait prénommé ses chiens savants Roméo et Tybalt. Malheureusement, alors qu'il passait à Paris lors des troubles de la Commune, deux individus l'avaient attaqué, lui dérobant le précieux bijou. Il s'était débattu de toutes ses forces, mais, les voleurs lui ayant labouré le visage à coups de couteau, il avait dû lâcher prise. Ce larcin n'avait pas vraiment contrarié Marishka, que ce cadeau princier avait incitée à de jalouses supputations.

— Ensuite, mesdames et messieurs, notre jongleur-acrobate Lazlo vous fera la démonstration de son étourdissante virtuosité !

Lazlo s'inclina puis se releva en tendant en l'air les baguettes.

— Enfin, le clou de la représentation, Django et ses chevaux, Boulou et Kalari, dans un numéro comique absolument irrésistible ! (Tambour *ad libitum.*) Mais ce ne sera pas tout à fait terminé car, à l'issue de cette magnifique représentation, vous pourrez consulter la célèbre voyante extra-lucide Mme Marishka : tout enfant déjà, vivant alors en Espagne, elle avait prédit à Eugénie de Montijo qu'elle monterait sur le trône de France et deviendrait impératrice ! Ne manquez pas d'aller la consulter : peut-être vous annoncera-t-elle un glorieux avenir ! En attendant, mesdames, mesdemoiselles et messieurs, nous allons nous préparer pour ces numéros de haute classe, et nous vous souhaitons un excellent appétit !

Franz fut sidéré par ce bagout. À voyager dans la promiscuité de leurs roulottes et de leur misère, il n'avait pas imaginé côtoyer des artistes d'un tel niveau.

« À moins qu'ils exagèrent… »

La préparation de la scène fut des plus simples. Elle consistait en une corde attachée aux marronniers de la place de manière à former un carré à peu près régulier.

Sitôt leur repas terminé, les spectateurs s'amassèrent malgré la température encore fraîche, attendant avec impatience cette distraction bienvenue.

Accompagnée par le violon de Zordan, tantôt langoureux, tantôt endiablé, Kamli commença son numéro de ballerine qui, contrairement à l'annonce, n'avait rien de classique. Sa longue robe

rouge cousue du haut en bas de pièces métalliques, fendue jusqu'aux cuisses, suscita un murmure admiratif. Surtout chez les hommes. Elle avait à peine quinze ans, et une maigreur de gamine, mais le regard aguicheur, le rythme de la danse, le jeu subtil des tissus parvenaient à créer l'illusion. L'ensorcelant grelot des pièces, leur éclat qui se reflétait sur sa peau nue accentuaient le sortilège. De gros bracelets de fer lui cliquetaient aux poignets et aux chevilles, tandis que, d'une voix à la fois nasillarde et troublante, elle fredonnait une lancinante mélopée.

Dieu merci, sa prestation s'achevait quand le vénérable curé vint se joindre au public. Lazlo enchaîna en faisant la roue et, pour répondre aux bravos enthousiastes, ajouta quelques tours de prestidigitation et de jonglerie.

Franz était ébahi. C'était la première fois qu'il assistait à un spectacle. Non, décidément, ses amis gitans n'avaient ni menti ni exagéré.

« Ces Zampa sont vraiment de grands artistes ! »

Ce qu'il apprécia le plus, comme l'ensemble du public, c'est le numéro que Django exécuta avec les deux chevaux pie. Une saynète intitulée *Le Palefrenier maladroit*. Zordan expliquait l'argument, tandis que Django, Boulou et Kalari jouaient la pantomime.

— Voyez, mesdames et messieurs, vous avez devant vous ces pauvres bêtes assoiffées. N'est-ce pas que tu as soif, Kalari ?

Kalari hocha profondément la tête.

— Toi aussi, Boulou, je parie que tu boirais volontiers ?

Boulou réalisa la même mimique.

— Parfait ! Alors, mesdames et messieurs, Django va porter à nos sympathiques amis de quoi rafraîchir leurs papilles. Django, vite, de l'eau pour ces messieurs !

Django déboulait avec un seau plein, l'air complètement ahuri, trébuchait au milieu de la piste, s'étalait et renversait le récipient, tandis que les chevaux lançaient des cascades de hennissements qui ressemblaient, à s'y méprendre, à des éclats de rire.

Le public s'esclaffait. Franz pouffait, oubliant pour quelques instants ses soucis et ses chagrins.

Le gag du seau renversé fut recommencé plusieurs fois : Django arborait un faciès de plus en plus idiot, louchant, se tordant le nez et la bouche. À la fin, Boulou et Kalari, comme excédés, poussèrent « le palefrenier maladroit » hors de la piste en lui assenant des coups de museau dans le derrière. Alors Zordan prit lui-même le seau, fit boire les chevaux qui se mirent à tourner autour de la piste, balançant les pattes à droite et à gauche dans un ballet irrésistible.

Les applaudissements déferlèrent. Les enfants hurlaient de joie.

— Vite, vite, Franz, à toi maintenant, dit Marishka : voici la sébile, passe parmi le public !

Ravi de se montrer utile, Franz parcourut l'assemblée qui continuait de frapper dans les mains :

— À vot' bon cœur ! À vot' bon cœur !

Avec sa chevelure tellement rousse qu'on aurait pu la prendre pour un déguisement, Franz eut son succès lui aussi. En donnant une pièce, les gens lui

passaient la main dans les cheveux. De façon affectueuse, tant la douceur que répandait son regard dissuadait de lui causer de la peine.

De toute façon, au sortir d'un spectacle qui vous a plu, qu'il vous ait fait rire ou pleurer, on se sent toujours meilleur.

*
* *

— Parfait, fit Zordan après avoir compté la recette. Nous achèterons du grain pour nos chevaux, ils l'ont bien mérité. De l'herbe, toujours de l'herbe, ça leur garnit peut-être la panse mais, s'il s'agit de leur donner des forces, mieux vaut ajouter quelques picotins d'avoine.

— Les comptes auraient pu être plus gras si j'avais eu des amateurs, déplora Marishka. Mais par les temps qui courent, personne décidément ne veut connaître son avenir !

Galant homme, Zordan réconforta son épouse dépitée :

— T'en fais pas, ma belle, avec ces sous, les crêpes sont assurées, et même on a le couvert garanti pour un mois.

— On ne mourra donc pas de faim ! jubila Django. Et ces pauvres bêtes non plus. Le pays merveilleux nous attend ! Je vais bientôt revoir mon ami Pierre ! Tu es content, Franz ?

Franz souriait, de son joli sourire doux et un peu triste. Après le pays perdu, il allait retrouver un autre pays que Django ne cessait de lui peindre sous des traits enchanteurs.

VI

L'HIVER N'ÉTAIT PAS ENCORE FINI lorsque la caravane atteignit les environs de Limoges. On approchait de la mi-mars, mais en Limousin la mauvaise saison prend ses aises. Il y avait encore de la neige et, si elle commençait à fondre, c'était pire, la boue empêchant les chevaux d'avancer à bonne allure. À plusieurs reprises, les passagers durent descendre.

Peu après le bourg de La Coquille, les deux attelages peinaient sur un chemin étroit et pentu, défoncé par les soubresauts de l'arrière-saison. Un épais brouillard étouffait le moindre rayon de soleil. De chaque côté, les silhouettes noires des arbres dépouillés accentuaient l'aspect lugubre du paysage. Soudain, un craquement de bois rompu retentit et ébranla la seconde roulotte. Zordan, qui guidait la première, stoppa net le convoi. En homme d'expérience, il localisa rapidement l'origine du bruit. Une roche qui dépassait du talus avait accroché la roue droite de l'essieu avant. Trois rayons étaient fendus, prêts à se rompre, et le moyeu était complètement défoncé. Un mètre

de plus et la voiture allait s'affaisser ou même chavirer.

— Fichtre, nous voilà dans la panade ! Vite le cric, il faut démonter la roue et l'apporter à un charron.

Le plus simple et le plus sûr eût été de la charger sur la première roulotte et de retourner à La Coquille qu'on avait dépassée depuis moins d'une demi-heure. Mais la roulotte endommagée barrait le passage. D'ailleurs, avec cette neige boueuse, comment aurait-on pu manœuvrer celle de devant pour la faire repartir en arrière ?

— Tant pis. Je l'emporte sur la mienne et je prends la direction de Périgueux. Si ma mémoire est bonne, il y a un village pas très éloigné. Restez tous tranquilles, et surtout gardez bien cette pauvre estropiée, il peut y avoir des maraudeurs. Je reviens dès que possible.

*

* *

Sitôt que Zordan fut parti, les voyageurs, frigorifiés, se mirent à rassembler des brindilles et des branches mortes pour allumer un bivouac. Ils avaient toujours avec eux quelques boîtes d'allumettes de contrebande.

— Pardi, on a plus les moyens de se payer celles de la régie depuis que M. Thiers nous les a taxées !

Ainsi se justifiaient tous ceux qui avaient recours à ces bâtonnets nettement moins chers, mais frauduleux et dépourvus du timbre officiel de l'État. Leur embout de phosphore blanc avait pourtant la

réputation fâcheuse de s'enflammer à l'improviste, sans avoir été sollicité le moins du monde, ce qui avait souvent mis à mal les poches des pantalons… et même pire ! Tout ça, c'était la faute à Bismarck, et à sa colossale indemnité de guerre infligée à la France. Pour s'en acquitter, Thiers avait créé un impôt sur les allumettes.

Lazlo eut la bonne fortune de découvrir, sous un amas de fagots, un couple de hérissons en train d'hiberner.

— Pas d'inquiétude, on a le rôti !

Un hérisson ? Franz ne put retenir une grimace de dégoût.

— Pouah ! Ça se mange ?…

— Et comment, que ça se mange ! Ceux-là sont même particulièrement délicieux : regarde, ils ont le museau en groin de cochon. Ce sont les meilleurs.

— Ceux qui ont un museau de chien, précisa Django, tu peux les laisser, leur chair ne vaut rien, on dirait du blaireau, et Dieu sait que le blaireau, c'est pas fameux !

Tandis que Marishka étripait les bestioles et les débarrassait de leur carapace, Django ficha deux petites fourches de sureau dans le sol. Ensuite, il embrocha les hérissons sur un vieux sabre émoussé qui servait à leurs spectacles et les mit à rôtir. Au bout d'une heure, tous les convives se régalèrent, hormis Franz qui préféra mâchonner quelques baies d'églantine ramollies par le gel.

Ils achevaient tout juste leur festin, l'estomac vaguement apaisé, requinqués aussi par la chaleur des flammes et des braises, lorsque résonnèrent

des claquements familiers : ceux d'une paire de chevaux qui se dirigeaient vers eux. Ils se retournèrent et virent s'approcher, raides sur leurs montures, deux gendarmes en uniforme.

— Que faites-vous là, Bohémiens ? Vous ne voyez pas que vous barrez la route ? Faut me dégager tout ça en vitesse.

Ni la figure sèche du pandore ni le ton sur lequel il venait de parler ne s'avéraient de bon augure. De surcroît, il était affligé d'un strabisme divergent, ce qui empêchait d'évaluer avec certitude la direction de son regard. L'autre, un moustachu aux joues pendantes, présentait une grosse verrue rouge à la base de la narine gauche et ne semblait guère plus avenant.

Inquiet à cause des allumettes de contrebande, Lazlo se leva et prit les devants :

— Je vais vous expliquer, messieurs. Nous sommes la famille Zampa, d'honorables comédiens. Vanniers et rétameurs à l'occasion. Une roche qui dépassait du talus nous a causé du dégât : trois rayons cassés, le moyeu endommagé. Comme vous le voyez, le châssis est bancal et, sans le cric, la roulotte serait par terre. Mon père est parti porter la roue chez un charron.

— Un charron ? Quel charron ? Son nom ?

— Ben, justement, on n'en sait rien. Il a pris la direction de Périgueux, faute de pouvoir rebrousser chemin. Dès qu'il sera de retour, nous remettons la roue en place et nous repartons.

— C'est donc ça, vous bloquez la route, et je dois vous verbaliser.

La situation parut-elle cocasse à Kamli ? Fut-elle surprise par la grosse verrue rouge sur la couenne couperosée du moustachu ? Ou bien par le strabisme de l'autre ? Toujours est-il qu'un rire nerveux lui échappa.

Alors le plus maigre sauta de son canasson et se précipita sur elle, s'apprêtant à la frapper.

— Espèce de Kanake ! Je vais t'apprendre, moi, à respecter les gendarmes ! Toi et ta bande de bicots !

À ce moment-là, il aperçut Franz, si différent des autres avec sa peau laiteuse et ses cheveux roux.

— Et celui-là, c'est qui ?

— Mon frère, répondit imprudemment Django.

— Ton frère, ce rouquin ? Tu te moques de qui, morveux ? Regardez-vous un peu, tas de métèques noirauds : vous voulez me faire gober que c'est votre frère ? Un enfant que vous avez volé, oui ! On connaît vos pratiques !

Franz bondit pour défendre ses amis :

— Pas du tout, monsieur le gendarme, au contraire, ces généreuses personnes m'ont sauvé. Je viens d'Alsace, j'étais poursuivi par les Prussiens. Sans ces braves gens, je serais prisonnier, ou mort de faim, ou même fusillé.

La plaidoirie eût peut-être été convaincante si Franz n'avait conservé son accent d'origine. Ce qui donnait : « Ch'étais bourzuivi bar les Brussiens. Sans ces prafes chens, ché sérais brizonnier, mort dé vaim, ou même vusillé. »

Le moustachu devint écarlate.

— Mais c'est un Boche !

— Sûr, un Boche, renchérit l'autre. Y a qu'à voir sa crinière. Peut-être même que c'est un espion.

Ça s'est vu à Paris pendant le siège, des enfants espions !

— Vous vous trompez, messieurs, je suis alsacien. AL-SA-CIEN !

— Moi, je dis que c'est un accent de Boche, et des cheveux de Boche ! Allez, allez, tout ce joli monde avec nous à la gendarmerie ! Que ça saute ! Direct à La Coquille ! Marchez devant et pas de blagues, nos chassepots sont chargés, et pas à blanc !

Lazlo eut juste le temps d'attacher Kalari à un bouleau. Ce n'était pas le moment de laisser libre cours à son tempérament fugueur.

*
* *

À ces pauvres hères fatigués, à peine repus par quelques chairs de hérisson, cette marche de presque trois quarts d'heure parut un calvaire. Marishka, lestée de son âge et de son embonpoint, souffrit plus encore que les autres.

Le maréchal des logis Bourrachol, qui commandait la brigade, alla lui-même ouvrir la porte en voyant s'avancer, entre les deux gendarmes, une prise de cette importance.

— Voilà, chef, fit le grand maigre osseux avec une évidente fierté, on vous amène ces suspects. Cinq ! Pas de la belle engeance. Suffit d'entendre leur nom : Zampa ! Pftt ! Un nom à coucher dehors ! Romanos et compagnie ! Leur roulotte a versé et barre la route à trois kilomètres d'ici, au virage du Casse-Blanc. Des voleurs de poules, sans doute, ils venaient de faire rôtir des bestioles sur

un bivouac. À notre arrivée, le repas était fini, et ils avaient dû disperser les os de façon à effacer les preuves de leur larcin. Quant au père, il est parti, à ce qu'ils prétendent, en direction de Périgueux.

Le diligent enquêteur montra Franz du doigt.

— Ce qui nous inquiète le plus, c'est ce rouquin. On a d'abord cru à un enfant volé, mais, à sa façon de causer, on a tout lieu de penser qu'il s'agit d'un espion allemand.

La porte s'ouvrit derrière eux.

— Un espion allemand ?… Tiens donc !

Une voix grave et posée venait d'articuler ces mots. Tous se retournèrent. Les gendarmes se mirent au garde-à-vous. C'était le maire du village. Il s'avança vers les « suspects ». Âgé d'une quarantaine d'années, la carrure solide, les cheveux prématurément blanchis, l'édile surprenait par sa prestance.

— Avez-vous vos papiers d'identité ?

Ils se regardèrent. Aucun d'entre eux n'avait emporté le moindre document. Les paperasses, c'est Zordan qui s'en chargeait, ainsi que de toutes les relations avec les autorités.

— M'est avis qu'ici non plus on n'est pas *persona grata*, souffla Django à l'oreille de Franz.

Cette formule, dont la sonorité leur faisait penser à une personne qui se gratte, avait le don de les amuser. Malgré la gravité de la situation, ils ne purent étouffer un éclat de rire.

Décidément susceptible, le louchon vira au cramoisi et brandit sa matraque.

— Ah, mes lascars, vous avez décidément le rire facile ! Ne le prenez pas comme ça, sinon vous

allez vite comprendre pourquoi on nous appelle les « cognes » !

L'édile intervint :

— Allons, allons, du calme !

— Vous avez raison, monsieur le maire, restons calmes, approuva le maréchal des logis. M'est avis qu'il faut envoyer tout ce joli monde au trou, prévenir le parquet de Limoges et même la sûreté militaire. L'espionnage, ça ne doit pas être pris à la légère.

Le maire s'avança vers Franz.

— Comment t'appelles-tu, petit ?

— Franz, monsieur… Franz Meister.

— Tu es allemand ?

— Non, monsieur, je suis alsacien.

Et d'un trait, sans reprendre son souffle, Franz raconta son histoire.

— Qui nous prouve qu'il dit vrai, monsieur le maire ? insista le brigadier.

— Qui nous le prouve ?… On va faire un essai, Bourrachol. Franz, peux-tu me chanter *La Marseillaise* ?

Tout heureux de montrer que l'hymne national n'avait guère de secrets pour lui, Franz entonna à pleins poumons :

— Allons z'envants dé la batri-i-e, lé chour dé cloir est arrifé !…

Pas un couplet ne fut oublié. Par sept fois le belliqueux refrain fut lancé avec une fougue vengeresse.

ÉmAu et amusé, le maire se mit à sourire.

— Je te crois, petit !

Puis s'adressant aux Bohémiens :

— Vous pouvez partir, vous êtes libres. À cette heure, M. Zampa doit être de retour avec sa roue réparée. Ne tardez pas.

Le brigadier, qui s'était assis pour noter la conversation, se leva, violacé.

— Ce n'est pas possible, monsieur le maire, vous n'allez pas relâcher ces forbans !

— Voyons, brigadier, ce ne sont pas des forbans. Ces Gitans ont certes le teint basané et commettent peut-être, à l'occasion, quelques rapines. Mais ils ne font de grave tort à personne.

— Soit, mais l'espion ?

— Quel espion ? Cet enfant ? Parce qu'il est roux ?... Un espion ! Et pourquoi pas le diable, tant que vous y êtes ? Allons donc, c'est un petit Alsacien, comme tant d'autres, et, quelles que soient ses raisons personnelles, il a refusé de vivre sous la botte prussienne. Va, petit, tu es libre.

Le maréchal des logis ne l'entendait pas de cette oreille. Depuis le temps qu'il attendait une promotion pour Limoges, cette affaire tombait à pic. Un espion possible, ça ne se rencontre pas tous les jours sous le sabot d'un cheval.

— Monsieur le maire, je ne peux consentir.

— Comment ?

— Cet enfant est suspect. Suspect d'actes particulièrement graves.

— Vous êtes un excellent fonctionnaire, Bourrachol, et votre bonne foi ne saurait être mise en doute. Mais à la guerre je me suis battu aux côtés de plusieurs Alsaciens, je connais leur accent, je sais le différencier de celui des Allemands.

Médecin de son état, le maire s'était engagé parmi les francs-tireurs au lendemain de la débâcle. Il avait notamment combattu aux côtés du géographe Onésime Reclus, un intellectuel aux idées progressistes pour lequel il s'était pris d'amitié. La France vaincue, l'humiliation, la perte de l'Alsace et de la Lorraine avaient été pour lui de terribles épreuves. Il n'était pas homme à s'en laisser conter. Mais Bourrachol était tenace. Au bord de l'apoplexie, il insista encore :

— Je suis au désespoir de résister à monsieur le maire, mais il daignera me permettre de lui faire observer qu'il s'agit de mes attributions. Je veux bien relâcher les Romanichels, puisque vous y tenez, mais je retiens l'enfant prénommé Franz. Vous ne nierez pas, monsieur le maire, que ce prénom…

— Ce prénom est très fréquent en Alsace. Quant à son arrestation sur ma commune, c'est un fait de police municipale. Maintenant, suffit ! J'en suis juge, Bourrachol, et je vous ordonne de remettre ces gens en liberté.

De cramoisi intense, le visage du maréchal des logis passa subitement au blême. Un drap de lit juste après la lessive. Un rictus mauvais lui déforma la bouche.

— Et la tentative de viol, le mois dernier ? Vous vous en souvenez, monsieur le maire, cette jeune paysanne qui s'est sauvée de justesse, échappant aux assauts criminels de deux sinistres individus qu'on n'a pas retrouvés ? Il s'agit peut-être de ces Gitans ?

Le maire parut troublé, les dévisagea un à un. Après cet examen attentif, ses traits se raffermirent.

— Non, non ! Regardez ces gens, tous portent des boucles d'oreilles. Or la paysanne nous a décrit ses agresseurs. Elle était dans sa grange et garnissait de paille les mangeoires. Grâce à la fourche qu'elle tenait entre ses mains, elle a pu les mettre en fuite. Mais elle les a parfaitement observés. Elle nous les a décrits avec précision. S'ils avaient eu des boucles d'oreilles, elle l'aurait remarqué. Et puis c'était il y a un mois : vous avez déjà vu des Gitans rester plus de trois jours sur place, en hiver ? Je le répète et je vous l'ordonne : il faut libérer ces gens. Allons, vous autres, vous pouvez partir. Je vous souhaite un bon voyage.

Les prévenus ne se le firent pas répéter deux fois. Ils rasèrent les murs du couloir, franchirent la porte et, une fois dehors, se mirent à courir en direction de la roulotte. Même Marishka, qui pourtant souffrait atrocement des pieds, détala sans demander son reste.

*
* *

Quand ils parvinrent au virage du Casse-Blanc, Zordan était déjà sur les lieux. Il avait cherché, tourné et retourné autour de la roulotte bancale, considéré le bivouac aux braises refroidies, le cheval attaché au bouleau, appelé, appelé encore, se demandant ce qui avait pu se passer. Et soudain, après une grosse heure d'attente, ce grand cri :

— On est là ! On est là !

Lazlo se précipita, suivi de tous les autres, essoufflés, chacun voulant raconter la mésaventure.

Dans sa vie de Romanichel, Zordan en avait vu d'autres, et sa capacité de compassion était parcimonieuse. Il désigna du doigt la roue qu'il avait sortie de sa roulotte.

— Et moi donc, vous croyez que ça a été tout seul ? D'accord, j'ai trouvé un charron, mais pour remplacer les deux rais et le moyeu, une grosse journée lui était nécessaire. Autant dire que je ne pouvais pas revenir avant demain. Heureusement que… Enfin, heureusement pour nous, pas pour lui : figurez-vous que ce pauvre type venait juste d'être agressé par deux maraudeurs qui lui avaient volé toutes ses économies. Le malheureux n'avait plus rien, plus un sou. Alors lui et moi on a eu cette idée : il garde dans son atelier le tilbury d'un bourgeois parisien qui passe l'été à la campagne. Par chance, les roues étaient les mêmes que celles de la roulotte. Il m'a proposé de m'en vendre une. On a discuté du prix et j'ai accepté. D'ici juillet, il aura tout le temps d'en fabriquer une neuve pour le bourgeois.

— Finalement, badina Lazlo, les voleurs, ça peut rendre service quelquefois !

— Tais-toi, mon fils, je t'interdis de déblatérer des choses pareilles, même pour rire. Voleur, c'est un mot qu'on prononce pas chez nous. Tu trouves qu'on n'a pas assez d'ennuis ?

Chez les Gitans, l'autorité paternelle est sacrée. Lazlo piqua piteusement du nez.

— Bon, c'est pas tout, reprit Zordan, maintenant il faut remettre cette roue en place. Sachez

que cette mésaventure m'a coûté cher et que je n'ai plus le moindre sou. Me voilà aussi fauché que le pauvre charron après la razzia des maraudeurs. On va devoir continuer le carême.

Franz regretta amèrement de n'avoir pas goûté aux hérissons.

D'autant plus qu'on n'était pas à l'abri de nouveaux revers avec la maréchaussée. Les Romanichels suscitent la suspicion partout où ils passent et se font souvent interpeller par les représentants de l'ordre. Franz se rendait bien compte que, pour lui, c'était encore pire : ses cheveux roux, son accent si proche de celui des Prussiens, sa différence même avec ses amis gitans, tout contribuait à le rendre suspect.

La nuit glaciale s'apprêtait à tomber. Pas question de reprendre la route dans ces conditions, même si la roulotte venait d'être remise en état.

— J'ai repéré un petit chemin pas très loin d'ici, dit Zordan. On va s'y engager et s'arrêter pour la nuit. Une flambée avant de se coucher nous remettra de nos émotions. D'ailleurs, j'ai une surprise, je vous ai rapporté un pain entier ! Trois sous : c'est tout ce qu'il me restait. On se fera griller des tranches sur la braise, je ne connais rien de meilleur !

Sans doute les allumettes frauduleuses avaient-elles compris car, à l'instant où Zordan achevait sa péroraison, un puissant bruit de soufflet résonna à l'intérieur de la roulotte, suivi d'un feu d'artifice et d'un bombardement de flammèches dans tous les coins de l'habitacle.

— Vite ! Vite ! Fichez-moi tout ça dehors, sinon, foi de Zordan, on va tous griller ! Et attrapez vite du bois sec, ce n'est pas le moment de laisser perdre le feu !

*

* *

Un fin grésil, tourbillonnant parmi les volutes de fumée, saupoudrait de sucre blanc les visages et les habits. Tous se pelotonnèrent le plus près possible du bivouac. Les flammes pétillaient. Tenues à la pointe des couteaux, les tranches de pain roussissaient en exhalant leur odeur appétissante. Avec une solennité de patriarche biblique, Zordan procéda à la distribution. Franz, qui n'avait rien mangé à midi, savoura ce délice avec volupté. Brisé par les événements de la journée, il reprenait peu à peu ses esprits.

— Quelque chose m'intrigue. Je peux vous poser une question ?

— Va, mon garçon, pose, pose, fit Zordan.

— Voilà. Chez nous, à Niederwihr, les gens comme vous, on les appelait des « Romanichels ». Depuis, j'ai entendu qu'on vous nommait « Gitans » ou « Tziganes ». Vous êtes quoi, au juste ?

— Eh bien, « au juste », on n'est ni gitans, ni bohémiens, ni romanichels, ni tziganes, figure-toi, mais des Manouches. Quoique la plupart des gens nous désignent sous le nom de « Gitans », nous sommes aussi divers que les Bretons, les Auvergnats, les Provençaux ou les Alsaciens... Voilà. Les Bohémiens et les Romanichels viennent

d'Europe centrale, les Gitans d'Espagne. Comme Marishka, qui est née à Grenade. Et nous, les Manouches, nous serions originaires d'Allemagne, à ce qu'affirmait mon grand-père.

Et il ajouta, mi-badin, mi-sérieux :

— C'est pas pour ça que le père Bismarck nous estime davantage !

— Ah bon ? Mais, puisque vous êtes si divers, pourquoi les gens se méfient-ils systématiquement de vous ?

— Ben, on est peut-être « divers », mais ce qu'on a de pareil, c'est qu'on vit pas comme tout le monde. On est des pigeons voyageurs. Or tu remarqueras que les pigeons de ferme font pas bon ménage avec les pigeons voyageurs. C'est pareil pour nous : les gens qui vivent dans des maisons se méfient des gens du voyage. On leur en veut pas, note bien, et on prie sainte Sara pour eux en même temps que pour nous. Écoute cette prière, petit, Django va te la réciter. À toi, fiston !

Alors Django posa sa tranche de pain, se leva et, les yeux tournés vers le ciel, se mit à déclamer :

« Sainte Sara, mets-nous sur la bonne route.
Donne-nous ta belle chance
Et donne-nous la santé.
Quiconque pense du mal de nous,
Change son cœur pour qu'il en pense du bien.
Amen. »

VII

Une tranche de pain, fût-elle délicatement grillée, ne tient pas longtemps l'estomac. Qu'importe ! La caravane continuait à descendre vers le sud. On allait vers des jours meilleurs et des régions plus ensoleillées. Chaque soir, la vallée des Joncières devenait moins lointaine. Avant de s'endormir, Django parlait à Franz de ce pays merveilleux.

— Tu verras, sur les hauteurs de la vallée, il y a des vignes, comme en Alsace. Ça te rappellera ton pays. Et puis au-dessus des vignes, juste avant les plateaux, ce sont des forêts toutes garnies de rochers aux formes extravagantes. On s'amuse à les escalader. Certains forment des couloirs ou des ruelles, d'autres sont si proéminents qu'on peut s'y abriter en cas d'orage, et…

— Est-ce qu'il y a des cavernes en dessous ?

— Pierre m'a dit qu'il existait une grotte, et même plusieurs. Leur accès n'est pas facile, et il ne m'y a pas encore amené. On ne peut y descendre qu'en s'agrippant à une corde. Si ça t'intéresse, je suis sûr que Pierre nous y conduira.

— Une grotte ! murmura Franz, tout ému. Ça me rappellera la masure Gorbeau…

— La masure Gorbeau ? C'est quoi ?

— Pour le moment, c'est encore mon secret, mais je te promets de te le confier bientôt. Dis-moi, ta vallée qui est si extraordinaire, ce n'est pas la vallée de Josaphat ?

Après la « masure Gorbeau », la « vallée de Josaphat ». Django, surpris par ce deuxième mot inconnu, ne sut quoi répondre.

— La vallée de Josaphat ? Tu n'en as pas entendu parler au catéchisme ?

Et de trois ! Chez les Zampa, on fréquentait volontiers les pèlerinages, la messe quelquefois, mais le catéchisme on n'en connaissait même pas le mot.

— La vallée de Josaphat, l'abbé Diringer nous en parlait souvent. Une vallée sacrée avec une fontaine... attends... ça va me revenir... la fontaine de Siloé !

— Peut-être, concéda Django. Josaphat... Après tout, peut-être que certains l'appellent comme ça, cette vallée. D'autant plus que le ruisseau y prend sa source sous les pieds de la Sainte Vierge. Tu as peut-être raison...

*

* *

La vie d'aventures a beau ne pas manquer de charme, elle est souvent une vie de ventres creux. Surtout l'hiver. Cinq à six longs mois qui n'en finissent pas. Tout change avec le printemps : les cerisiers vous tendent les bras au bord des routes. Pour qui sait les identifier, la nature n'est pas avare

de baies sauvages, de pousses tendres, de tubercules, de champignons qui permettent de se nourrir. Mais de novembre aux premiers jours d'avril, la bohème est rude.

Quand les entrailles hurlaient misère, Franz songeait à la tarte aux myrtilles que cuisinait si bien sa maman. Après, c'était Lucienne Schüller, l'épouse du maître, qui lui préparait chaque semaine un pain d'épice. Si elle mitonnait une marmite de *baeckeoffe*, garnie de choux, de navets, de saucissons, de jarrets, elle ne manquait jamais d'en porter une soupière à Ulrich pour qu'il s'en régale avec son petit garçon.

Le soir, avant que le sommeil ne les gagne, Franz racontait à Django ces souvenirs heureux.

Et Django lui répondait :

— T'en fais pas, Franz, tu verras : la vallée où on t'emmène, c'est le pays de cocagne. Les paysans y cuisinent des poules farcies, des canards gras, des gâteaux de millet, des galettes de maïs. Après un mois passé là-bas, tu auras du mal à boucler ta ceinture !

Ce qui était une façon de parler car ni lui, ni Franz, ni aucun passager du convoi ne portaient de ceinture. À moins de s'appeler Crésus, cet accessoire vestimentaire demeurait un luxe dont se passait le plus souvent le petit peuple, chez qui un long tissu de flanelle noué autour de la taille suffisait à cet usage.

Quoi qu'il en soit, on était encore loin de la vallée féerique, et il fallut recommencer des représentations, plus ou moins fructueuses, pour s'offrir quelques miches de pain gris.

Les Zampa atteignirent Périgueux aux alentours de Pâques. C'est à partir de là que les affaires connurent un regain de prospérité. L'appel du printemps rendait les gens moins frileux. Les premières tiédeurs incitaient à s'écarter des cheminées et des poêles. Assister à un divertissement sur la place publique exerçait de nouveau son attrait.

Les deux roulottes auraient pu couper directement par Bergerac et Miramont-de-Guyenne si Zordan n'avait tenu pour indispensable le crochet par Bordeaux. Non pas que cette grande ville manquât de salles de spectacle, mais elles étaient fréquentées par les gens de la haute, les bourgeois huppés, ceux du quartier des Chartrons qui avaient fait fortune avec le négoce du vin. Cependant, Bordeaux c'était aussi le quartier Mériadeck, populaire et accueillant, où les Zampa obtenaient un triomphe à chacun de leurs passages. Il leur arrivait de s'y produire jusqu'à huit jours de suite.

Tout près de là, il y avait Bègles, le faubourg des morutiers, ces pêcheurs courageux qui partaient des mois entiers pour Terre-Neuve. À leur retour, les ateliers préparaient cette manne que des gabarres emportaient sur la Garonne, puis sur le Lot à destination des mineurs du Tarn et de l'Aveyron. À Bègles vivait toute une population ouvrière dont le quotidien était rude et que les distractions illuminaient d'un rayon de soleil.

*

* *

Quand au sommet d'une côte apparut la capitale de l'Aquitaine, allongée sur le vaste estuaire de la Gironde, ce fut pour Franz un spectacle fabuleux. Avant cette terrible journée de janvier où il avait dû fuir, jamais il n'avait quitté son village. Strasbourg même, il ne connaissait guère et n'avait aperçu le Rhin que de façon lointaine. Depuis les hauteurs de Lormont, il découvrit émerveillé ces immeubles à perte de vue, ces clochers dressés de place en place, ces dômes, ces avenues immenses. Sur le fleuve, des navires aux voiles déployées glissaient et s'inclinaient avec grâce. Certains descendaient le courant, d'autres le remontaient. Il y en avait qui restaient immobiles comme des îles. D'autres encore qui, sans mâture, sans voilure, mais dotés d'une cheminée à l'épaisse fumée grise, se mouvaient rapidement, traçant derrière eux des sillons d'écume argentée. Des odeurs d'iode et de varech laissaient deviner que la mer était proche.

Le petit Alsacien sentait son cœur secoué d'émotion. Si seulement il avait pu disposer d'un crayon et d'un carnet, il aurait pu croquer ces lieux, ces paysages… Pour l'enfant de douze ans, lapereau juste sorti du terrier, ébloui jusqu'à la brûlure, chacune de ses découvertes était une ivresse nouvelle. Néanmoins, comment ne pas éprouver, en même temps, du chagrin en pensant au pays perdu, au père qu'il ne reverrait sans doute jamais ? Dessiner ce qu'il voyait – comme l'oiseau chante –, en y ajoutant ce qu'il avait au fond du cœur, eût été pour lui une consolation.

*

* *

Bordeaux... Le nom de cette belle ville rappelait pourtant les heures sombres d'un passé récent. Un an plus tôt, après la défaite, alors que la France tremblait pour son avenir, l'Assemblée nationale s'y était repliée, siégeant dans les locaux du Grand Théâtre. Chacun gardait en mémoire la date du 13 février 1871. Ce jour-là, le maire de Strasbourg, soutenu par l'immense Victor Hugo, y avait prononcé un discours qui avait ému tous les Français : « L'Alsace et la Lorraine protestent hautement contre toute cession. Nous proclamons à jamais inviolable le droit des Alsaciens-Lorrains de rester membres de la Nation française. Nous déclarons nul et non avenu un pacte qui dispose de nous sans notre consentement. La France ne peut l'accepter, l'Europe ne peut y consentir. » Mais l'Europe n'avait pas oublié qu'au début du siècle Napoléon Ier s'était comporté beaucoup plus mal encore que Bismarck, et les Prussiens victorieux n'avaient consenti à lever le siège de Paris qu'en échange des deux malheureuses provinces.

Depuis, la plaie restait vive.

Pourtant, la vie avait repris le dessus. Le cours des choses a tôt fait de vous entraîner vers d'autres projets, d'autres perspectives. Pour l'heure, avant la grande découverte de la vallée merveilleuse, Bordeaux représentait l'étape sur laquelle misait la troupe, le dernier cap : celui de la bonne espérance. Une nouvelle frayeur les y attendait cependant. Zordan n'ignorait pas que le quartier Mériadeck,

si pittoresque fût-il, était infesté de malfrats qui détroussaient les passants et n'hésitaient pas à régler leurs comptes à l'arme blanche.

La troupe commençait juste son premier spectacle lorsqu'un homme assez éloigné s'écria :

— Au voleur ! Au voleur ! Mon portefeuille ! On vient de me voler mon portefeuille !

Presque simultanément, Franz vit surgir deux individus qui couraient, couraient, foncèrent vers eux, sautèrent par-dessus les cordes, affolant les chiens et les chevaux, continuèrent leur course, puis disparurent parmi les baraques environnantes. Quatre gendarmes déboulèrent à leur tour, se dirigèrent vers les saltimbanques, écartèrent le public, s'arrêtèrent au milieu de la « scène ». Ils examinèrent un à un les comédiens. Les pauvres Gitans retenaient leur souffle, se voyant déjà conduits au poste, incarcérés derrière les barreaux.

Soudain, le regard d'un des gendarmes, apparemment le chef, se fixa sur Franz que Zordan avait équipé d'un tambour.

— D'où sors-tu, toi, avec tes cheveux roux, au milieu de ces Bohémiens ?

Franz ne laissa à personne le soin de s'expliquer.

— Je suis alsacien, monsieur. Poursuivi par les Prussiens, j'ai fui ce pays qui n'est plus la France. Mon père a sans doute été tué au cours de notre fuite. Ce sont ces Gitans qui m'ont sauvé.

Ce fut dit avec un tel accent de sincérité que, contre toute attente, le représentant de l'ordre s'attendrit :

— Bravo, mon garçon. Sois le bienvenu. Tu sais, à Bordeaux, il y a beaucoup d'Alsaciens, comme toi,

qui n'ont pas supporté le joug de l'Allemagne. Je suis patriote et je te souhaite bonne chance.

Puis s'adressant à ses collègues, médusés par tant de mansuétude :

— Allons, vous autres ! En avant ! Continuons nos recherches vers ces baraques !

*

* *

D'un succès à l'autre, les Zampa ne quittèrent Bordeaux et sa banlieue qu'après quinze jours de représentations. Les goussets de la troupe étaient enfin garnis. Dans les tavernes de Bègles, ils firent provision de bombance avec de la morue préparée de toutes les façons. Mais le pays espéré, la vallée des Joncières, les attendait. Le printemps touchait à sa fin, c'était le moment où les osiers lancent leurs gerbes souples et dorées : ni trop minces ni trop gros, il ne fallait pas manquer le moment de cette précieuse récolte.

Django bouillait d'impatience à la pensée de revoir bientôt son ami Pierre. Le temps pressait maintenant. Au lieu de longer la Garonne, Zordan décida de couper par Bazas en traversant une partie des Landes. L'itinéraire était plus court, mais éprouvant. L'hiver, le parcours était jonché de fondrières. Aux beaux jours, des nuages de poussière s'élevaient de ces chemins poudreux. Et encore, Zordan se souvenait que du temps de son grand-père Zanko, il n'y avait pas de voie tracée. Les voitures avançaient au pas, les roues ayant du sable jusqu'au moyeu. Aujourd'hui, malgré tout,

le voyageur bénéficiait d'une véritable chaussée, même si, de temps à autre, on trouvait un bout de chemin formé de troncs noués et juxtaposés comme le tablier d'un pont rustique. En tout cas, le paysage était surprenant pour Franz, qui regretta cette fois encore de n'avoir rien pour le dessiner. Des forêts de pins s'étendaient à perte de vue. D'étranges arbres qui ne s'épanouissaient et s'élargissaient qu'à l'approche de leur cime. Le long des troncs, on avait pratiqué des entailles par où s'écoulait en larmes épaisses une résine odorante que recueillaient des pots de terre cuite.

— Écoute, Franz ! dit Django. Écoute le vent dans les pins. Cela ressemble à une plainte. On dirait que ces arbres gémissent de leur blessure.

Le jour finissait. Zordan décida de faire halte au milieu de la pinède. Quoiqu'on ne fût qu'en juin, l'air sentait déjà l'été. Le sol exhalait des odeurs de genêts, de bruyère, de sable salé. L'atmosphère était si douce que tous choisirent de coucher dehors, sur des lits de fougères.

Les yeux levés vers le ciel, Franz observa ces arbres étranges, vaguement cousins des sapins d'Alsace. Il songea qu'il portait lui aussi une blessure profonde ; qu'elle était si douloureuse qu'il lui arrivait parfois de gémir et de verser, comme eux, de grosses larmes.

*

* *

Ces réflexions l'avaient tourmenté au point qu'il s'éveilla au milieu de la nuit. À moins que ce soit

le vent, quelque haleine chaude venue de la mer. Les dômes des pins frémissaient au-dessus des roulottes. Ni les chiens ni les chevaux, assoupis, ne bougeaient. L'obscurité conférait à la forêt des allures mystérieuses. Puis le vent s'arrêta, laissant place au grand silence de la lande. C'est alors qu'un bruissement se fit entendre et l'intrigua. Puisqu'il n'y avait plus de vent, c'étaient des branches qu'on frôlait.

Qui ? Un homme ? Un animal ? Des gendarmes ? Quelqu'un les aurait-il dénoncés ? Il se souvint des allumettes de contrebande cachées dans les roulottes. Déjà, il se voyait montré du doigt par un des représentants de l'ordre : « Toi, le petit rouquin, d'où viens-tu ? Tu es un Boche ? » Le bruit continuait. Pas la moindre brise. Qui donc remuait ainsi les branches ?

La lune, dissimulée par les bouquets d'aiguilles, ne diffusait qu'un halo vague. En se déplaçant, elle fit gicler un jet de lumière entre les arbres, illuminant l'écorce rousse des gros fûts. Franz distingua alors, proches l'un de l'autre, deux troncs très maigres, mais très hauts, dont il ne voyait pas la cime. Stupéfaction ! Ces troncs se mirent à bouger, comme s'ils marchaient. Franz se recroquevilla, n'osant appeler ses compagnons. Peut-être n'était-ce qu'un mauvais rêve ? Des arbres qui marchent… il eut peur qu'on se moque de lui.

Tout en fixant cette scène bizarre, il leva les yeux et distingua, au sommet de ces troncs grêles, une seule masse floue. Une sorte de gros corps d'insecte velu. Était-ce une araignée géante avec des pattes à n'en plus finir ? Ou alors un oiseau

de nuit gigantesque, une cigogne mille fois plus volumineuse que celles d'Alsace ?

Certain maintenant de ne pas rêver, Franz secoua son ami.

— Django ! Django ! Réveille-toi !

Le jeune Gitan sursauta en se frottant les yeux.

— Qu'est-ce que c'est ? Qu'y a-t-il ?

— Là ! Là... devant nous ! Un monstre !

— Un monstre ?

Encore mal réveillé, Django écarquilla les paupières, puis partit d'un immense éclat de rire.

— Mais non, nigaud ! N'aie pas peur, ce n'est pas un monstre, c'est un berger !

— Un berger ?...

— Oui, un berger landais, avec son gilet en peau de mouton. Une brebis a dû s'égarer et il la cherche de nuit, juché sur des échasses, ces longs bâtons que tu as pris pour des pattes. De cette façon, il domine les brandes et, dans l'obscurité, la toison blanche de sa brebis perdue lui apparaîtra plus facilement. Tu vois, il n'y a pas de quoi t'inquiéter, tu peux te rendormir. N'oublie pas que nous approchons du pays merveilleux. Encore un à deux jours et tu connaîtras mon ami Pierre.

VIII

Au soir du 24 juin, après un trajet harassant, les roulottes parvinrent à la limite du but. Boulou et Kalari avaient sué et peiné tout au long du jour, à travers les pinèdes, sous le soleil brûlant. Le village de Xaintrailles, à la limite de la forêt landaise qui s'étend jusqu'à la mer, constitue l'un des points les plus élevés de la région. Coiffant la houle rose et brune des toits, un ancien château médiéval augmente encore sa hauteur. De là, on voit se dérouler toute la vallée des Joncières, et aussi au-delà de la plaine, après la Garonne, les coteaux opposés au-dessus desquels l'aube se lève. Par temps très clair se distingue au loin la longue toison blanche des Pyrénées.

Selon leur habitude, les Zampa devaient s'installer jusqu'à la fin de l'été dans la prairie qui jouxte le moulin du Rusthe, en bordure du ruisseau. Tous avaient hâte de se poser, et Django brûlait d'impatience : retrouver enfin son ami après ces trois ans de séparation. Mais il restait encore une bonne heure de route. Les chevaux étaient épuisés, courbatus. De toute façon, il ne semblait pas raisonnable de réveiller le propriétaire une fois la

nuit tombée. Même si Pierre était sa joie de vivre, Isnel Combezou restait un homme taciturne qui ne s'était jamais remis du décès de son épouse, survenu quelques jours seulement après la naissance de leur fils. Son moulin était prospère : tous les blés, orges, seigles et maïs des communes avoisinantes y étaient conduits et repartaient en sacs de farine.

Les Bohémiens traversèrent Xaintrailles en longeant les murs de la forteresse. Ils arrêtèrent leurs roulottes après les dernières maisons, là où s'amorce la descente vers la vallée. Un pain de cinq livres, agrémenté de quelques sardines de baril, leur fournit un excellent *souper*[1]. Après quoi ils s'allongèrent dehors, à même le sol. Les étoiles s'allumaient une à une. En baissant les yeux vers la vallée, vers la plaine, vers les coteaux lointains, ils s'aperçurent que d'autres constellations venaient les rejoindre.

— Regarde, Franz, dit Django, la magie commence. Ce soir, ce sont les feux de la Saint-Jean.

Partout, sur la terre comme au ciel, des myriades d'étoiles continuaient d'apparaître les unes après les autres. En ce jour le plus long de l'année, l'étincelante féerie défiait les ténèbres. Pour Franz, cet enchantement constituait une promesse. La clarté victorieuse chassait l'ombre, les angoisses, les malheurs.

---

1. *Déjeuner : dans le Sud, on déjeune le matin, on dîne à midi et on soupe le soir. Ce qui constitue un savoureux anachronisme linguistique puisque, du temps de Molière, même à la cour, on s'exprimait de cette façon.*

Ces lumières paraissaient se refléter sur sa chevelure, luire dans ses yeux. En regardant Franz, Django eut l'impression de voir encore d'autres astres, rayonnants, briller juste à côté de lui.

L'aube, demain, serait encore plus belle.

*
* *

Ils dormirent si peu cette nuit-là qu'ils purent contempler le soleil en train d'éclore. Ce fut d'abord une lueur diffuse. Elle grossit en quelques secondes, devint ovale, s'arrondit, vira à l'orange. Quand l'éclosion se produisit, des milliers de gerbes d'or se répandirent sur la terre.

Zordan se dressa, bomba le torse, respira l'air du matin à pleins poumons.

— Cette fois, on y va !

Tous montèrent rapidement dans les roulottes. Zordan reprit les rênes de Boulou, Lazlo celles de Kalari, et leur sempiternel « Hue, cocotte ! » fit s'ébranler ensemble les deux attelages.

D'habitude, avant de prendre leurs quartiers d'été dans la vallée des Joncières, ils effectuaient un crochet par Ambrus, un sanctuaire caché dans les bois. En des temps très lointains, la Vierge Marie était apparue à un jeune berger, près d'une source. Django en avait parlé à Franz au cours de leurs confidences. Malgré son isolement, c'était un lieu de pèlerinage fréquenté, notamment le jour du 8 septembre. La famille Zampa était elle-même très attachée à ce culte. Une prière, fût-elle brève, auprès de saintes personnes bien placées dans la

hiérarchie céleste, cela ne peut pas nuire. Mais ils avaient trois mois devant eux, et Django paraissait si pressé de retrouver son ami Pierre que Zordan n'eut pas le cœur de le faire attendre davantage. Franz lui-même dissimulait mal son impatience.

*
* *

Arrivés devant le moulin, ils furent surpris de trouver les volets clos. L'herbe du pré n'avait pas été fauchée : d'ordinaire, le père Combezou prenait soin d'en récupérer le foin pour sa vieille jument. Au lieu d'une ribambelle de volailles piaillant, gloussant et cancanant, gavées de repasse, éclatantes de santé, il n'y avait que deux poules maigres, à cou pelé, qui grattaient le sol en quête de nourriture. C'était étrange.

Zordan descendit de son siège et alla frapper à la porte. Il appela :

— Hé ho !... Hé ho, du moulin ! Y a-t-il quelqu'un ? Père Combezou, monsieur Isnel, vous êtes là ?

Pas dc réponse.

Zordan réfléchit. Il se souvint qu'au passage des oiseaux migrateurs le père et le fils s'accordaient quelques jours de repos dans une *palombière*[1] toute

---

1. *Palombière : dans le Sud-Ouest, les palombes se chassent à l'affût, en automne. Des filets sont disposés autour de cabanes que l'on appelle des palombières. Le mot est entré officiellement dans la langue française depuis que Mauriac l'a utilisé dans* Thérèse Desqueyroux *(1927).*

proche. Mais enfin, la saison des palombes, c'est au mois d'octobre.

Django appela à son tour :

— Pierre ! Pierre !... C'est moi, Django !

Après un long moment, les visiteurs entendirent des pas à l'intérieur. Le bruit s'approcha de la porte, le verrou claqua. Une tête apparut par l'entrebâillement. Zordan eut du mal à reconnaître le meunier. Plus encore quand il sortit. Trois ans s'étaient écoulés, mais tout de même ! L'homme n'avait pas encore atteint la cinquantaine : à cette heure, il en paraissait dix de plus. Son corps, autrefois robuste, était amaigri. Ses cheveux avaient blanchi et s'étaient raréfiés. De profondes rides sillonnaient son visage.

— Bonjour, père Combezou, c'est nous, les Zampa ! Nous voilà de retour ! Est-ce qu'on peut laisser les roulottes dans le pré, comme d'habitude ?

— Ah, c'est vous... Je ne me fais pas jeune, et j'ai du mal à me tirer de mon lit le matin.

D'ordinaire, l'accueil était chaleureux. Que ce fût le père ou le fils, la porte s'ouvrait toute grande, ils sortaient un pâté du placard, descendaient le jambon et, devant une bouteille de vin, tous s'attablaient pour fêter les retrouvailles.

Django n'y tenait plus d'impatience.

— Et Pierre ? Pierre est là ?

Le meunier pâlit.

— Comment, vous n'avez pas su ?...

*

* *

Un malaise parcourut les visiteurs. Quelque chose d'épais, presque palpable, s'abattit.

Le meunier baissa les yeux.

— Pierre est mort.

Les gorges se nouèrent. Django sentit ses jambes se dérober.

— Pierre ! Pierre est… mort ?

— Ça fait deux ans. Tué à cette foutue guerre.

Après un moment de silence, il ajouta juste « Voilà… », d'une voix éteinte.

La stupeur foudroya le groupe. Django s'était retourné pour pleurer. Franz lui-même était au bord des larmes. Pierre, dont il avait déjà fait son ami, puisqu'il était celui de Django, voilà qu'il était mort. Tué par les Prussiens. Comme l'était peut-être Ulrich. Cette vallée des Joncières, dont on lui avait fait un paradis, voilà qu'elle s'avérait une vallée de larmes.

Tous étaient là, à ne savoir que dire, atterrés, n'osant solliciter à nouveau la prairie. C'est le meunier qui y songea au moment où il s'apprêtait à rentrer :

— Vous pouvez rester, bien sûr. Mon pré a toujours été à votre disposition.

Il s'efforça de faire meilleure figure.

— Et vous tous, comment ça va ? Le voyage a été bon ? Django, je te reconnais à peine tellement tu as grandi. Et toi, Kamli, te voilà devenue presque une jeune fille !

Les mots y étaient, mais le ton ne les accompagnait guère tant la voix du pauvre homme était morne. On sentait percer néanmoins, au milieu de la détresse, une satisfaction à retrouver ses

vieux amis. Pourtant, quand son regard se posa sur Franz, il reprit son air peu amène.

— Et ce rouquin, qui est-ce ?

Zordan entrevit l'opportunité d'une diversion :

— C'est un enfant que nous avons recueilli. Il était poursuivi par les Boches. Sans doute même qu'ils continuent à le rechercher. Courageux, ce petit ! Il a pris son pistolet à un officier prussien et il l'a mis en joue devant tous ses hussards. Pensez que ça leur a pas plu aux Fritz !

Le visage du meunier commençait à s'ouvrir. Cette « leçon » infligée aux ennemis n'était pas pour lui déplaire.

Zordan ajouta :

— Il s'appelle Franz. Il est alsacien.

Aussitôt le visage du meunier se referma.

— Alsacien ? Encore un… Ça prolifère par ici depuis la guerre.

Et il ajouta, dur :

— Moi, les Alsaciens, je les aime pas.

Franz baissa les yeux. Une gêne se répandit. L'arrivée sournoise d'un nuage sur un ciel d'été. Personne n'osa reprendre la parole. Le meunier rentra et ferma la porte derrière lui.

Zordan s'efforça de sauver la face :

— Bon, c'est pas tout, ça, on est pas venus ici pour se prélasser. La récolte des joncs et des osiers nous attend. La Vierge d'Ambrus est pas loin mais, sauf le respect qu'on lui doit, c'est quand même pas elle qui remplira nos assiettes, pas vrai ?

Comme celle du meunier, sa voix sonnait faux. Un violon désaccordé.

IX

De toute la journée, Combezou ne sortit guère. Pourtant, la roue à aubes tournait à vide, on entendait bien que les meules ne fonctionnaient pas.

C'était curieux car, même après son terrible malheur, cet homme ne pouvait se permettre de manquer à l'ouvrage. Quels que soient les chagrins et les deuils, la manne ne tombe pas du ciel. Zordan avait raison.

La tristesse de Django était incommensurable. De toute la nuit suivante, il ne put trouver le sommeil. Franz voulut le distraire :

— Tu te souviens de ma masure Gorbeau ? Je t'avais promis de t'en parler un jour. C'est une sorte de caverne dans la forêt au-dessus de Niederwihr. Pour échapper aux Prussiens, je m'y suis réfugié avec mon père. Quand on a des soucis, des ennuis, un gros chagrin, on a besoin d'un abri. Cela peut être un lieu, comme la masure Gorbeau, mais également un ami qui vous protège et auquel on peut se confier. Parle-moi, Django, parle-moi de ta peine. Si je la partage avec toi, elle te sera moins lourde à supporter.

Malgré ces paroles, Django ne desserra guère les dents pendant plusieurs jours. À diverses reprises, il se mit à l'écart pour cacher ses larmes. Franz lui-même était désemparé. On lui avait parlé d'une vallée merveilleuse, un pays de conte de fées, avec des gens accueillants et chaleureux : le meunier lui avait déclaré brutalement qu'il n'aimait pas les Alsaciens.

Dire qu'il avait imaginé un instant que cette vallée pouvait être celle de Josaphat, si chère à l'abbé Diringer ! Mais non, il s'était souvenu, depuis, que la vallée de Josaphat se situait près de Jérusalem, en Terre sainte. « C'est la vallée de la résurrection ! » clamait le bon curé.

« Tandis qu'ici, songea Franz avec amertume, c'est la vallée de la mort. Pauvre Pierre ! Je ne le connaissais pas, mais j'étais déjà prêt à m'en faire un ami... »

*

* *

La vallée des Joncières commençait au carrefour du Rusthe. La route pentue qui descendait de Xaintrailles continuait à partir d'ici en inclinaison douce, accompagnant la vallée jusqu'à la plaine. C'était une voie récente, strictement rectiligne, que l'on devait au baron Haussmann, alors sous-préfet de Nérac. Elle avait été construite une trentaine d'années plus tôt, remplaçant un ancien chemin sinueux. L'autre route menait à Ambrus, le hameau du pèlerinage, où le ruisseau prenait sa source au pied d'une statue de la Vierge.

Dès son installation, toute la tribu Zampa, faucille en main, se mit à moissonner les joncs, en particulier les sigorres, à la texture si fine et si dure. À la saison des foins, les faux glissaient sur leurs glaives souples sans pouvoir les trancher : aussi les paysans appréciaient-ils qu'on les débarrasse de cette « ivraie » calamiteuse. Quelques heures plus tard, les Bohémiens rapportèrent les gerbes dans des toiles hissées sur le dos, puis les mirent à sécher autour des roulottes.

La journée finie, Zordan posa au meunier la question qui lui brûlait les lèvres depuis le matin :

— À part ça, le travail, père Combezou, les paysans sont-ils trop occupés aux foins pour vous porter de la pratique en ce moment ?

Le meunier hésita, ses yeux se troublèrent.

— Mon pauvre Zordan, depuis la mort de mon fils, j'ai plus le cœur à l'ouvrage. Plus le cœur à rien. D'ailleurs, depuis l'année dernière, l'ouvrage force pas trop. Même, je dirais franchement qu'il force plus du tout. La faute aux Alsaciens !

— La faute aux Alsaciens ? Comment ça, père Combezou ?

— Je vous l'ai dit ce matin, c'est l'invasion chez nous depuis la guerre. À Nérac, à Vianne, à Damazan, à La Gravère... Il y en a partout. Pas des fainéants, ça on peut pas dire. Mais moi, ils m'ont volé mon travail. Oh, après tout, ça m'est égal. Maintenant que Pierre est mort, je n'ai plus le goût à rien.

— Les Alsaciens vous ont volé votre travail ?

— Oui. Ce Chénéter, qui s'est installé à La Gravère, au bord du canal. Il a monté une

minoterie, toute moderne, avec une machine à vapeur pour faire tourner les meules. De ce fait, pas de problème d'étiage, qu'il y ait trop d'eau ou pas assez, la vapeur elle s'en fout ! Naturellement, les paysans sont allés porter leur grain à la minoterie. Tout nouveau, tout beau ! Moulins à eau, moulins à vent, tout ça c'est fini. Et les meuniers, il nous reste plus qu'à crever.

Zordan se souvint en effet que, lorsque la porte s'était entrouverte, il n'avait pas senti cette bonne odeur de farine écrasée qui embaumait autrefois. Isnel Combezou lui avait paru à ce point changé et vieilli qu'il n'y avait pas autrement prêté attention.

— Au moins, avez-vous ce qu'il faut pour manger ? Vous n'avez pas engraissé depuis la dernière fois. Tant qu'on est là, on vous laissera manquer de rien. Vous nous avez assez nourris de poules et de canards par le passé, nous vous devons bien cette reconnaissance.

— Je vous remercie, Zordan, mais il me faut si peu de chose à présent. Et puis j'ai mon frère aîné, Edmond, et sa femme, Louisa, pas très loin. Pour eux, à Menjignon, tout roule. Ils ont une exploitation prospère, de beaux vignobles, des pommiers, des poiriers, de la volaille, deux cochons. Le dimanche, je vais manger chez eux. Ma belle-sœur me donne de la soupe, du jambon : j'en ai pour la semaine. Les poules qui me restent pondent quelques œufs, ça me suffit.

*

* *

Les jours suivants, toute la tribu continua sa « moisson ». Les joncs d'abord, parce qu'ils doivent sécher quelques jours avant d'être utilisés. Au contraire, les osiers perdent leur souplesse dès qu'ils ont séché. Aussi les tresse-t-on le plus tôt possible après le ramassage.

De temps en temps, sans se départir de son chagrin, Django jetait un coup d'œil au ruisseau.

— Approche-toi, Franz. Regarde bien avec moi. Avec un peu de chance, on verra des écrevisses. Tu connais ?

— J'en ai entendu parler à Niederwihr.

Sa mémoire fit un bond en arrière. Une lecture des *Misérables*, en classe, par M. Hamel. À propos des Thénardier, le texte évoquait ces *âmes-écrevisses qui marchent vers le progrès à reculons*. Le sens de cette expression lui avait alors échappé.

Il se contenta d'ajouter :

— Personnellement, je n'en ai jamais vu.

— Et pour cause ! Dès que le soleil se lève, elles se cachent sous des racines. Mais avec un peu de chance, on peut apercevoir une aventurière qui se hasarde à sortir en plein jour.

Pierre lui avait appris à les pêcher avec des balances, qui sont des sortes de filets plats cerclés de fer, de la taille d'une assiette à soupe. On les attire grâce à un appât sur lequel ces gloutonnes se ruent, surtout par temps orageux. Il suffit alors de soulever le piège pour rafler la prise.

— Un de ces quatre, je te montrerai. J'ai tellement de bons souvenirs. Quelquefois nous allions les braconner la nuit, pieds nus, avec une lanterne. À ce moment-là, elles sortent d'elles-mêmes et se

promènent dans le courant. On n'a qu'à les cueillir comme des escargots après l'orage.

Tout ça, c'étaient des paroles, car Django était encore trop démoralisé pour entreprendre cette pêche avec Franz. Plus tard, peut-être.

*

* *

Quand Zordan estima la « moisson » suffisante, Marishka et Kamli restèrent près des roulottes et commencèrent le tressage. Notamment celui des corbeilles. Ils savaient qu'aux premiers jours de septembre, sur les pentes crayeuses de Port-Sainte-Marie, débuterait la saison du chasselas. Exposés plein sud, les grains se gorgeaient de soleil et de sucre, gonflaient leur enveloppe translucide, prenaient des teintes d'or. Depuis quinze ans que la ligne de chemin de fer Bordeaux-Cette[1] desservait la bourgade, les corbeilles emplies de magnifiques grappes étaient expédiées vers Bordeaux ou Toulouse. Il s'en vendait même jusqu'aux halles de Paris.

Le marché du samedi était réputé pour ses ventes de fruits et de légumes. Les Zampa s'y rendraient à la grande foire du 15 août qui drainait tout le canton, et même au-delà. Ils apporteraient leur vannerie dont les fidèles connaisseurs appréciaient la qualité.

À chacune de leurs venues dans le Sud-Ouest, les Zampa ne manquaient cette occasion sous

1. Sète. On a écrit Cette jusqu'à la fin du XIXe siècle.

aucun prétexte. Pendant que les femmes vendaient paniers et corbeilles, les hommes rhabillaient les bonbonnes, les dames-jeannes, ou rempaillaient sur place les chaises dépenaillées. Grâce aux sigorres, ce travail s'effectuait en moins d'une matinée. Les gens le savaient, apportaient leurs sièges et, le marché fini, les rapportaient chez eux rénovées et solides pour vingt ans.

*

* *

En attendant, les mains agiles tressaient, tressaient encore, tressaient sans cesse, tout le jour, tandis que les hommes continuaient le ramassage. Franz était loin d'être rétif à la tâche et trouvait même amusante cette activité voisine du ruisseau. Tout en travaillant, il voyait papillonner les frêles libellules rousses ou bleues, fragiles, brisant leur vol à angles brusques, baisant le bout de chaque branche. Ou bien le grand odonate aux ailes transparentes, musclé, nerveux, volant à contre-courant. Parfois, une poule d'eau, surprise dans son nid de hautes herbes, s'envolait en lançant des caquètements furieux. Sous les pieds des faucheurs s'écrasait une forêt de plantes sauvages, des prêles aux airs de conifères lilliputiens, des menthes grises, des menthes vertes qui libéraient des senteurs délicieuses.

À côté d'eux, ombragé par le feuillage dru des aulnes, le ruisseau égrenait sa ritournelle apaisante, se blanchissait d'écume en heurtant les pierres, éclaboussait d'embruns le vert sombre

des frondaisons. À mesure que son cours pénétrait la vallée venaient s'y joindre d'autres sources, augmentant son débit, maintenant sa fraîcheur. Il en jaillissait de partout : d'un bas de talus, d'un fossé, parfois même d'une prairie. Franz pensait à celle de Siloé, qu'il imaginait ruisselant au milieu d'un foisonnement de plantes tropicales.

Ou bien il revoyait le ruisseau de Niederwihr, dont il se plaisait à observer le cours en rentrant de l'école. Il se souvenait des ingénieux moulins qu'il y construisait, ces miniatures aux mécaniques compliquées qu'admiraient ses camarades. Comme là-bas, il aurait bien aimé pratiquer un barrage dont la chute d'eau eût actionné une hélice. Mais sachant à quel point son travail était nécessaire à la tribu, il n'osait quémander le moindre repos. Pas même pour crayonner quelques dessins et reproduire sur un papier toutes les choses nouvelles qu'il découvrait.

« Ce n'est pas le moment de s'amuser », se disait-il avec tout le sérieux de ses douze ans.

Et puis s'amuser, quand il voyait Django tellement triste, ou le visage défait du père Combezou ! Cette morosité ambiante se répercutait sur toute la famille : dire que les Gitans s'étaient montrés si joyeux, si gais durant le voyage !

Chaque jour, l'équipe des faucheurs progressait à travers la vallée, continuant à suivre le ruisseau, rencontrant tantôt un méandre, tantôt un élégant petit pont qui l'enjambait. Ou bien c'était le ruisseau qui passait sous la route, franchissant de courts tunnels en pierres de taille, humbles ouvrages d'art d'une construction parfaite. Des

voûtes aux agencements aussi réguliers que ceux de sa masure Gorbeau.

Ces souvenirs heureux et amers à la fois lui laissaient un goût de fiel dans la bouche.

*
* *

À mi-chemin du moulin du Rusthe et de l'élargissement final de la vallée, le ruisseau passait devant la ferme d'Edmond Combezou. Depuis deux semaines qu'ils étaient arrivés, les Zampa n'avaient pas encore trouvé un moment pour aller saluer le frère du meunier. Pourtant, Dieu sait si cet homme et son épouse les avaient toujours chaleureusement accueillis !

La majeure partie de la vallée leur appartenait : des pâturages dans les bas-fonds, avec quelques parcelles de maïs intercalées de cultures potagères. La vigne et les arbres fruitiers prospéraient, pour la plupart, sur les hauteurs. Les terres chatoyantes mais peu fertiles de la vallée, c'était l'héritage Combezou : Isnel avait eu le moulin de son grand-père, tandis que la ferme et les prairies avaient été attribuées à Edmond. Cependant, le meilleur de la propriété venait de son épouse Louisa. Fille unique d'agriculteurs aisés, elle avait reçu une éducation soignée et suivi des études dans une pension religieuse. Riche, le couple savait se montrer généreux : jamais ils n'avaient consenti à faire payer le moindre sou pour les joncs, les sigorres, et même les osiers.

— Ce sont des plantes qui poussent toutes seules, on ne va quand même pas vous les facturer ! Vous pouvez suivre la vallée tant qu'il y en a. Ne dépassez pas la tuilerie, d'abord parce que au-delà il n'y en a guère, ensuite parce que ce lieu n'est pas toujours bien fréquenté.

L'ancienne tuilerie, qui fournissait jadis de quoi couvrir tous les toits des environs, était abandonnée et menaçait ruine. Son propriétaire, Kléber Castex, avait la réputation d'être un « rouge parmi les rouges », selon le mot des autorités. Très impliqué lors des événements de 1789, son père lui avait attribué ce prénom conforme à ses engagements patriotiques. Kléber avait suivi l'exemple paternel lors du soulèvement contre le coup d'État de 1851. Louis-Napoléon Bonaparte s'était proclamé « président à vie », avant de devenir empereur l'année suivante. À la tête d'un groupe de républicains armés de fourches, de faux et de quelques fusils de chasse, Kléber Castex était allé jusqu'à Agen avec la ferme intention de prendre d'assaut la préfecture. Mais le châtelain de Caubeyres, bonapartiste convaincu, avait alerté les autorités grâce au télégraphe installé sur le donjon de sa forteresse, et les rebelles s'étaient fait cueillir à l'entrée du chef-lieu. Quoiqu'il n'y ait eu ni morts, ni blessés, ni le moindre dégât matériel, Castex, comme la plupart des conjurés, avait été jugé à Bordeaux, puis exilé en Algérie, du côté de Bab el-Oued.

Camille, qui était domestique à Menjignon et ne faisait pas mystère de ses convictions républicaines, s'indignait d'une telle sévérité :

— Dire qu'ils l'ont envoyé à Babalouette rien que pour ça !

Castex était revenu en France après la chute de l'Empire, trop usé, trop vieux pour reprendre son ancien métier. Son épouse était décédée pendant sa longue absence. Bien qu'il n'habitât qu'à une centaine de mètres, dans sa maison familiale de Jeantouyre, il n'avait jamais remis les pieds à la tuilerie et sortait rarement. Aussi les toits commençaient à s'effondrer, les ronces envahissaient les murs, et c'était devenu un refuge de vagabonds pas toujours recommandables.

— Vous comprenez, avait expliqué Edmond, je ne veux pas d'ennuis. Évitez de vous en approcher. Mais partout ailleurs, servez-vous des sigorres et des osiers à votre convenance !

En retour, les Zampa n'étaient avares ni de paniers ni de corbeilles. Celles-ci étaient particulièrement appréciées par Louisa et sa servante Yvette pour transporter le linge au ruisseau après la *bugade*[1].

*
* *

Lorsqu'ils furent à proximité de Menjignon, une vaste ferme cossue avec d'innombrables dépendances, Zordan se redressa, regarda la position du soleil et déclara en seigneur et maître de sa troupe :

---

1. *Bugade : avant les machines à laver, le linge était mis à bouillir dans de grosses lessiveuses. C'était la bugade.*

— C'est le moment de faire une pause et d'aller saluer nos amis ! L'homme libre sait prendre son temps quand il le faut.

Edmond finissait de rincer sa pompe à sulfater lorsqu'il vit s'approcher les Gitans.

— Louisa ! Devine qui vient nous rendre visite !

Plus court et plus rond, Edmond était totalement différent de son cadet. Pour qui ne les connaissait pas, il était difficile de deviner qu'ils fussent frères. Edmond était également plus raffiné, s'exprimait mieux. Leur éducation avait pourtant été identique, mais les obstacles de la vie avaient façonné Isnel de manière plus rude.

S'ils avaient été désappointés par l'accueil du meunier, cette fois les visiteurs ne furent pas déçus. Louisa connaissait sans faillir les prénoms de tous les enfants Zampa :

— Comment, c'est toi, Lazlo ?... Te voilà un homme ! Et toi, Django ?... Mon Dieu, comme ces enfants ont changé ! Et ce jeune garçon, qui est-ce ? Tu es bien mignon, mon petit, et que tu as de beaux cheveux ! Quelle couleur magnifique : blond vénitien ! Tu en as de la chance !

De tels compliments flattèrent Franz, surtout concernant sa chevelure. Il n'y était guère habitué. D'ordinaire, les remarques ironiques, voire franchement désagréables, constituaient son lot. Dans le meilleur des cas, les gens polis faisaient semblant de n'avoir rien remarqué. Pour le commun des mortels, naître « rouquin » ne saurait être un cadeau de la nature.

— Tu t'appelles comment, mon garçon ?

— Che m'abelle Franz, matame !

— Franz ? À ton prénom et à ton accent, je devine que tu es alsacien, n'est-ce pas ? Depuis la guerre, il nous en est arrivé plusieurs familles. Pauvres gens ! Ils ont tout perdu pour rester français ! Je les plains et je les admire. Comment cet enfant est-il avec vous, Zordan ?

De nouveau, il fallut raconter la triste histoire de Franz, ses malheurs, sa fuite…

— Vous devez être morts de faim, mes amis, reprit Edmond. Il est midi, vous n'allez pas repartir comme ça. On allait justement se mettre à table, entrez donc. Yvette, sors-nous un autre pot de confit ! Avec deux poêlées, il y en aura pour tout le monde. En attendant, Louisa, ouvre donc un pâté.

« La nature humaine est généreuse », aimait à répéter l'abbé Diringer. Depuis le début de ses malheurs, Franz en doutait parfois, mais à Menjignon la certitude du bon prêtre s'avérait une réalité.

C'était une de ces vastes cuisines, carrelées de tommettes, comme on en voit souvent à la campagne. Pendue au plafond, une longue barre était garnie de salaisons séchées, tandis que les murs étaient tapissés d'étagères emplies de bocaux de pâté et de confiture. Edmond, Louisa et le couple de domestiques, Camille et Yvette, s'assirent à la grande table. Tous se serrèrent pour permettre à Zordan et Lazlo de prendre place.

— Quant aux deux petits jeunes, vous n'avez qu'à vous asseoir sur le rebord de la cheminée. Ça ira ?

Bien sûr que ça irait. Dans la roulotte, on n'était pas toujours aussi confortablement installés. Néanmoins, Franz fut surpris de constater qu'entre

Edmond et Yvette demeurait un emplacement vide, assez espacé pour lui et Django. Bizarre. Sans les compliments que lui avait adressés la maîtresse de maison, il se serait demandé si sa rousseur, une fois encore…

C'est alors qu'au fond de la pièce une porte s'ouvrit, laissant passer une gamine qui devait avoir à peu près le même âge que les deux garçons. Franz eut le temps d'apercevoir un escalier à balustres tournés, une paire de fauteuils et un canapé au dossier en chapeau de gendarme. Quelques cadres contenant des gravures en couleurs décoraient les murs. Le tout formait un ensemble cossu et presque bourgeois qui surprenait dans cet intérieur campagnard.

— Je suppose, dit Edmond, que vous reconnaissez ma fille, Lison, même si elle a beaucoup changé. Ça fait combien de temps que vous n'êtes pas revenus ?

— Trois ans. C'était avant la guerre.

— Ah ! Mon beau-frère vous a donc certainement appris son malheur, soupira Louisa.

Zordan hocha la tête. Tous baissèrent les yeux. Alors, pour conjurer la chape de plomb qui venait de s'abattre, Edmond changea de registre :

— Allons, le pâté est sur la table et la graisse du confit commence à fondre. Que chacun se coupe du pain, et servez-vous… Oui, Lison est née en 1860, comme Django, n'est-ce pas ? Elle vient de finir sa première année à Casteljaloux. L'institution Sainte-Marie. Pensionnaire chez les religieuses, c'est un sacrifice pour nous qui n'avons qu'elle, mais nous avons estimé, Louisa et moi, qu'une

bonne instruction est indispensable aujourd'hui, même pour une fille.

— Elle veut devenir institutrice, ajouta Louisa. L'omnibus Riol nous la ramène à Noël et à Pâques. Maintenant, c'est les vacances, celles d'été, les plus longues.

La collégienne arbora une moue vaguement dédaigneuse. À fréquenter les petites bourgeoises du pensionnat, elle regardait avec une ostensible condescendance cette tablée de paysans, et plus encore ces Romanichels aux cheveux si noirs, à la peau si basanée. Sans doute pas très propres. Tandis qu'elle s'asseyait en repoussant aussi loin que possible l'assiette de la servante, son regard se posa sur Franz.

Elle desserra à peine les dents, mais cela s'entendit quand même, comme un sifflement de vipère :

— Peuh ! Les roux, ça pue, surtout quand il pleut !

X

HORMIS CETTE REMARQUE DÉPLAISANTE, Franz fut conquis par l'accueil reçu à Menjignon. C'était bien là cette chaleur humaine que les Zampa lui avaient tellement vantée. Sans son malheur, nul doute que la réception d'Isnel Combezou eût été différente.

De la maison jusqu'à la route et au ruisseau, le pré foisonnait de sigorres. Les « coupeurs » y revinrent une semaine entière sans les épuiser. Chez Edmond et Louisa Combezou, c'était chaque jour la même générosité. Camille et Yvette ne se montraient pas moins cordiaux. Seule Lison affichait sa moue hautaine en voyant ce bas monde s'installer autour de la table. Pour un peu, elle se serait pincé le nez.

Quant à son désobligeant persiflage, il était d'autant plus surprenant que ses cheveux étaient d'un châtain si clair qu'au moindre rayon de soleil ils prenaient une teinte dorée proche de la rousseur.

Mais elle était très jolie, très fine, on avait dû le lui dire et le lui répéter. Ceci expliquait sans

doute cela. En outre, c'était une petite *retardataire*[1]. Edmond et Louisa étaient restés sans enfants plus de quinze années après leurs noces. Ils avaient accompli maints pèlerinages : à la Vierge d'Ambrus, naturellement, et même à Lourdes. Le Ciel ayant fini par les exaucer, Louisa la mit au monde l'année de ses quarante ans. Alors, bien sûr, on l'avait élevée comme une reine.

Au cours de ces repas, il fut plusieurs fois question du malheur d'Isnel. Louisa était particulièrement affectée par la disparition de son neveu.

— La mort de Pierre a été une catastrophe pour toute la famille. Nous l'aimions tant, ce garçon. Qui ne l'aimait pas, d'ailleurs ? Il était tellement souriant. Plus que de la joie, quelque chose d'irréel émanait de lui. Ce garçon était la nature même. Une source vive. Pour nous qui n'avions pas de fils, il était l'avenir de la maison.

— Sûr qu'il aurait repris à la fois le moulin et la propriété, soupirait Edmond. Il venait chez nous aux vendanges et savait vinifier autant que moi.

*

* *

Isnel sortait de plus en plus rarement. Le dernier dimanche de juillet, il oublia d'aller dîner chez son frère. Sa tenue, déjà pitoyable à l'arrivée des Zampa, se dégradait jour après jour. Au début de son veuvage et jusqu'au décès de Pierre, il avait

1. *Retardataire : se dit d'un enfant né longtemps après le mariage.*

confié à Louisa son linge à laver, ses chemises et ses pantalons à raccommoder. Maintenant, il gardait tout, tel quel, sur lui. S'il se rasait encore, une fois par semaine, il ne s'était pas rendu chez le coiffeur depuis plus de six mois.

De le voir ainsi, cela crevait le cœur de ses vieux amis gitans. Franz n'était pas le moins ému. Il pensait à son père : ou il était mort, ou bien, s'il avait échappé aux uhlans, il ne pouvait se consoler de la disparition de son fils. Peut-être alors, complètement démoralisé, présentait-il le même délabrement que ce pauvre meunier ?

L'avant-veille du 15 août, toute l'équipe s'activa de plus belle pour la grande foire de Port-Sainte-Marie. Les femmes tressaient, les hommes continuaient à couper les sigorres. Zordan demanda à Franz de rapporter deux brassées d'osier aux femmes de crainte qu'elles n'en manquent. Le garçon déposa son fardeau auprès de Marishka et de Kamli. Leurs mains tricotaient les vimes avec la vitesse et l'agilité du vieux Müller sur ses claviers.

Au moment de repartir, Franz aperçut Isnel tout au bord du bief. Le meunier fixait l'eau de manière bizarre, le regard complètement perdu. Il lui sembla même que son corps oscillait. L'homme ne mangeait presque plus rien. Était-il pris d'un malaise ?

Doucement, Franz s'approcha et lui saisit le bras juste au-dessus du coude.

— Ne restez pas si près du bord, père Combezou, vous risquez de tomber ! Malgré l'été, vous attraperiez un bon rhume. C'est qu'il y a du fond à cet endroit ! Savez-vous à quoi je pense ? Avec ce bief

magnifique, cette abondante chute d'eau, je sais bien ce que je construirais, moi, à votre place.

Brusquement raidi, d'abord contrarié par cette présence importune, Isnel Combezou se sentit néanmoins touché de cette attention. Surtout venant d'un enfant. À demi étranger de surcroît. Il fut tenté d'abord de s'en tirer par un « Tout m'est bien égal, maintenant », mais cette réponse n'aurait pas été digne de la démarche du jeune Alsacien.

— Ah bon ? Et tu ferais quoi ?

— Une scierie, père Combezou, une scierie !

— Comment ça ?

— Eh bien, il suffirait d'une poulie sur la partie extérieure de la roue à aubes, d'une courroie et d'un arbre de transmission qui entraînerait une grosse scie à volants comme il s'en fait aujourd'hui. Les scies à mouvement alternatif, c'est dépassé. Pas suffisamment rapide !

Combezou, d'abord amusé de ce langage technique formulé par un gamin, fut intrigué.

— Mais Franz, comment connais-tu toutes ces choses ?

— Dans mon village, en Alsace, il y a une scierie. Elle fonctionne avec un ruisseau qui a pourtant moins de débit que le vôtre. Ici, avec ce courant et un bief pareil, vous pourriez en scier des planches ! Ce ne sont pas les arbres qui manquent aux alentours. Les dernières journées de notre voyage, on a traversé des forêts de pins à perte de vue. Si je compare leurs troncs à ceux des sapins débités à Niederwihr, je pense que beaucoup sont bons à couper. Avec une scierie proche de chez eux, les propriétaires pourraient facilement les exploiter.

— Et pour en faire quoi ? Dix arbres par an satisferaient la demande de tout le canton. Ce n'est pas suffisant pour rentabiliser une scierie.

— Écoutez-moi, père Combezou : à Niederwihr, la scierie faisait vivre une large partie des villageois. Surtout depuis la guerre. J'entendais bien ce qui se disait : Strasbourg bombardé, Châteaudun brûlé, Laon en piètre état, et tant d'autres villes qui avaient subi des dommages. Maintenant, il faut reconstruire, et on a besoin de bois pour les planchers, les lambris, les charpentes… Ah, si j'étais vous, je n'hésiterais pas une seconde !

Isnel fut stupéfié par la réflexion de ce jeune rouquin à l'accent impossible. La fin de l'après-midi approchait et la fraîcheur qui se dégageait du ruisseau le fit frissonner. Une petite flamme qui s'était éteinte en lui se rallumait. Faiblement, certes, mais enfin la lueur en était perceptible.

— Faut voir, mon garçon, faut voir. En tout cas, c'est fort aimable à toi de m'en parler. Je te promets d'y réfléchir.

Après avoir tendu la main à Franz, le meunier se retourna pour franchir le seuil du moulin. Ses cheveux négligés pendaient jusque sur ses épaules. Rien de la longue chevelure soignée que l'on voyait aux artistes sur les gravures des magazines, mais une tignasse éparse, désordonnée, d'un gris sale.

— Père Combezou, si vous voulez…

— Quoi donc ?

— Si vous voulez, je sais couper les cheveux. En Alsace, ma mère m'a appris. Elle les coupait à son patron. Après sa mort, c'est moi qui les coupais à mon père. Il me suffirait d'une paire de ciseaux.

Se couper les cheveux ? Isnel Combezou s'était tellement détaché de toute contingence qu'il n'y songeait même plus. Mais puisqu'on le lui proposait, après tout, pourquoi pas ? Ce petit Alsacien était tellement gentil, attentionné.

— Entre, mon garçon. Ma pauvre femme était une habile couturière et j'ai gardé ses ciseaux. Fais-moi une beauté, puisque ça te chante.

Quand les Zampa rentrèrent le soir, ils furent tout surpris de voir le meunier rasé de frais, les cheveux correctement taillés. Il avait même exhumé de l'armoire une chemise propre et un pantalon à peu près exempt de trous de mites. Les entendant préparer le repas, il sortit du moulin en brandissant une bouteille.

— Mes amis, je viens de me souvenir que j'avais cette bouteille de blanc dans le buffet. Du nectar. Mon frère en fait une demi-barrique par an avec les raisins qui restent après les gelées, au mois de novembre. On dirait du miel. Dix ans que je le gardais. Si ça vous dit, nous allons le boire ensemble.

*

* *

Dès le 14 août, les Zampa, accompagnés de Franz, prirent la route de Port-Sainte-Marie. Il importait de se trouver sur place avant les premiers rougeoiements de l'aube. Les paysans se lèvent tôt et les Gitans ne voulaient pas manquer cette clientèle.

Ils s'arrêtèrent sur la rive gauche de la Garonne, dans le village de Saint-Laurent. Un pont suspendu

reliait ce hameau à l'autre rive depuis 1833. L'intérieur des roulottes étant rempli de paniers, de corbeilles et de gerbes de sigorres, les Gitans dormirent à l'*Auberge de la Grande Ourse*, au bord du fleuve, entre les barriques de vin, les sacs d'orge et de blé, toutes les denrées qui attendaient, sur le quai, le passage du coche d'eau. Celui-ci effectuait la navette de Bordeaux à Toulouse et transportait aussi bien des passagers que des marchandises. Grâce à sa chaudière à vapeur, qui actionnait une roue à aubes semblable à celle des moulins, il remontait le courant sans problème, quelle que soit la saison.

Les étoiles commençaient juste à pâlir quand Zordan sonna le branle-bas de combat :

— Debout tout le monde ! Une rude journée nous attend !

Le soleil n'était toujours pas levé lorsque les deux roulottes s'engagèrent sur le pont. Elles atteignirent la rive opposée au moment où la corne du bateau annonçait son arrivée. Une vingtaine de paysans et de paysannes en descendirent. Sitôt que le jour apparut, Kamli, Django et Franz se dispersèrent à travers les ruelles étroites du vieux bourg, frappant aux portes ou proposant leurs paniers aux passants.

— Paniers ! Paniers pas chers ! Qui veut nos beaux paniers ! Huit francs le panier, quinze francs la paire !

Zordan et Marishka, installés sur le parvis de l'ancienne église des Templiers, gardaient les roulottes et leurs chargements de corbeilles. Lazlo rempaillait les chaises qu'on ne tarda pas à lui

apporter, tandis que Zordan rhabillait des bonbonnes. Pas besoin de se déplacer en ville : très vite les professionnels, agriculteurs ou négociants, surent s'adresser à eux. Depuis trois ans que les Zampa n'étaient pas revenus, la pénurie se faisait sentir. D'autres Bohémiens, depuis, avaient proposé leur savoir-faire et leurs marchandises, mais les Zampa avaient acquis une dextérité qui leur permettait de réaliser un travail irréprochable et à des prix moins élevés.

L'après-midi, la clientèle des foires est moins pressée que celle du matin. Ce sont surtout des curieux, des badauds. Marishka, qui le savait bien, avait jugé inutile de sortir sa boule de cristal et son marc de café avant que soit passée l'heure de la sieste. Sans que ce fût la ruée, elle put néanmoins révéler la bonne aventure à une dizaine de naïfs qui repartirent avec le moral en hausse.

Quoique épuisante, la journée s'avéra fructueuse. Franz était tout émoustillé de cette expérience de camelot, même s'il avait soigneusement évité d'ouvrir la bouche de peur d'effrayer la clientèle avec son accent. À la tombée de la nuit, les Zampa reprirent le pont suspendu et regagnèrent Saint-Laurent où des pêcheurs s'affairaient à descendre des nasses au fond du fleuve.

Entre leurs différentes activités, les Gitans avaient rempli la cagnotte pour plusieurs mois. Un repos bien mérité les attendait, et ils dormirent encore à la belle étoile, bercés par les clapotis de la Garonne.

Ils ne reprirent le chemin du retour que le lendemain.

XI

À LA VUE DU CLOCHER DE LA GRAVÈRE, Franz émit le souhait de rentrer seul.

— Arrêtez-moi au milieu du village, je finirai la route à pied.

— Tu ne veux pas que je t'accompagne ? proposa Django.

— Non, merci, je préfère marcher en solitaire. Voir le canal, me promener un peu dans les rues, musarder.

Django fut un peu déçu, mais après tout Franz était libre. Sa requête n'avait rien de répréhensible. Quiconque, à un moment ou à un autre, a besoin de solitude.

En fait, Franz avait une idée en tête : rencontrer Chénéter, l'Alsacien qui avait créé une minoterie. D'abord parce que de temps en temps, sans l'avouer à personne, il avait le mal du pays. Retrouver des compatriotes exilés, des gens qui le regarderaient autrement qu'une bête curieuse, cela lui ferait chaud au cœur. Cependant, cette raison n'était pas la principale. Chaque jour, il réfléchissait à la scierie, calculait l'emplacement de l'arbre de couche, celui du socle de la scie à ruban. Il faudrait aussi

construire un quai pour décharger les charrettes. Installer une paire de rails permettant de diriger les grumes vers la lame. Tout cela coûtait cher. En outre, l'affaire ne pouvait fonctionner que si les planches, les madriers, une fois débités, pouvaient être expédiés sans problème vers les chantiers ou chez les principaux distributeurs.

C'est ainsi qu'il avait pensé à Chénéter. L'associer à ce projet.

La roulotte le déposa au milieu du bourg, devant le *Café du Commerce*, sur une large allée de terre battue que le conseil municipal venait pompeusement de baptiser « boulevard de la République ». Restait à trouver la minoterie. Quelques promeneurs déambulaient sur ce « boulevard », mais Franz, en raison de son accent, n'osa rien demander.

« Près de la Baïse et du canal », se souvint-il.

Il marcha une centaine de mètres, aperçut de l'autre côté de la rivière un vaste bâtiment, sans doute fort ancien, dominé par une tour élevée qui se dressait au bout d'une chaussée de pierres. De toute évidence, il s'agissait d'un moulin. Pourtant, pas plus que celui du Rusthe celui-ci ne paraissait en activité. Toutes ses portes, tous ses volets étaient clos. Franz fouilla sa mémoire.

« Le canal ! On m'a parlé du canal ! »

Il revint sur ses pas, s'approcha d'une construction neuve. Un large panneau couvrait sa façade : *Minoterie Schneiter.*

Cela ne correspondait pas tout à fait au nom qu'il avait entendu. Mais enfin il paraissait probable que ce soit le bon endroit. Un vacarme colossal et

des tourbillons de poussière s'échappaient du bâtiment. Franz s'avança. Des ouvriers transportaient des sacs et chargeaient une gabarre. Il les suivit à l'intérieur. Deux énormes meules métalliques broyaient du grain au milieu d'un tintamarre infernal. Une courroie les reliait à une machine à vapeur assez semblable aux locomotives qui circulaient sur les chemins de fer.

Une voix résonna parmi ce tohu-bohu :

— Fous cherchez guelque chosse, cheune homme ?

Franz se retourna, tressaillant de reconnaître un accent autrefois familier. C'était la première fois depuis de si longs mois !

Un petit homme d'une quarantaine d'années, au crâne dégarni, le visage cerné par d'épais favoris et barré par une paire d'étroits lorgnons, l'interpellait depuis son bureau.

— Endrez ! Endrez izi ! Fous ne bourrez bas barler là-pas ! Trop de pruit !

— Monzieur Chénéter, beut-êdre ?

— Verme la borte ! Foilà… Chénéter ? Oh non, pas Chénéter : Schneiter ! Ch-naï-teur ! Ce zont les chens t'izi qui brononzent mon nom comme za ! Ainzi, du es alzazien doi-même ?

Face à un *pays*, Franz ne se fit pas prier pour raconter son histoire, ses malheurs, son voyage avec les Bohémiens, son arrivée dans la vallée des Joncières. Il parla d'Isnel Combezou, expliqua comment la minoterie avait ruiné ce pauvre meunier.

— Ah, che sais pien ! Zelui de La Grafère auzi, le crand moulin sur le pord de la Païse. Mais le

brogrès est là, malheureusement bour eux. De doute vazon, zelui de La Grafère abbartient au gomte de Noailles, zelui du jâteau, et il ne manque bas d'audres revenus. Z'est blus ennuyeux bour ce bauvre Combezou. On m'en a téchà barlé.

L'exilé avait refait sa vie sur ce coin de terre gasconne, avec sa femme et ses deux fils, par amour de la France. Quoi qu'on fasse dans l'existence, on ne peut jamais éviter complètement les dégâts collatéraux. Quant aux Alsaciens qui venaient de s'installer en Algérie, qui sait s'ils n'auraient pas un jour à regretter leur choix ? Quel était vraiment, à leur égard, le sentiment des autochtones ?

Ceux de La Gravère, Schneiter avait su les conquérir. Il avait mis ses garçons à l'école du village, procuré du travail à une vingtaine d'ouvriers et ne lésinait pas sur ses dons au presbytère. En outre, il avait fondé une harmonie locale qu'il dirigeait lui-même. Dès son installation, il avait fait proclamer un avis sur la place du village : « Recrutement par M. Chénéter de tous ceux qui pratiquent un instrument de musique, à vent de préférence, trompette, bugle, clarinette, basse, sans oublier ceux qui se sentent capables de manier des cymbales, de taper sur une grosse caisse. » Pour le tambour, le garde champêtre fut réquisitionné d'office. Schneiter parvint à convaincre le pharmacien, qui taquinait un peu le hautbois, de se convertir au saxophone, un instrument nouveau, particulièrement sonore, très apprécié dans les fanfares. Après quelques semaines de répétitions, l'orphéon avait été en mesure de se produire le dimanche sur le « boulevard de la République »,

devant le *Café du Commerce*, avec un répertoire varié : marches, valses, polkas... Le concert commençait invariablement par *La Marseillaise* que le public écoutait debout, ému, entonnant « Allons enfants de la patrie... » en même temps que l'orphéon. Telle était d'ailleurs l'autre intention de Schneiter : entretenir la fibre patriotique et le ressentiment contre la « tyrannie » des « féroces soldats ». Prussiens, évidemment. En rappel des « enfants de la patrie », le groupe s'était appelé, malgré une moyenne d'âge qui frisait la soixantaine, « Les Enfants de La Gravère ». À tous ces bénévoles, Schneiter offrit un banquet le jour de la Sainte-Cécile, patronne des musiciens, et leur promit la construction d'un kiosque dès que ses finances le lui permettraient.

D'ailleurs, quelles qu'aient été ses motivations, le minotier n'avait pas l'air d'un mauvais homme. Il ressemblait à Offenbach dont *Le Moniteur universel* publiait volontiers le portrait lorsqu'il était le compositeur le plus en vue de l'Empire.

— Voilà, dit Franz, j'ai un projet. Pour le meunier du Rusthe et pour vous...

Ébahi d'entendre ce gamin s'exprimer comme un adulte, Schneiter écarquilla les yeux, ce qui fit choir ses bésicles.

— Vous pouvez lui apporter les fonds pour aménager la plate-forme, acheter les rails et la scie à rubans. Ensuite, quand la scierie fonctionnera, le bois débité sera conduit jusqu'au canal. Non seulement vous êtes situé en bordure immédiate, mais vous avez un quai. Il vous sera facile d'expédier

le bois sur des péniches. Je suis sûr qu'il y a de l'argent à gagner : pour vous et pour M. Combezou.

— Ma barole, du es un féridable homme d'avaires, cheune homme ! Che ne zais bas t'où de fiennent zes itées, mais elle me baraissent indérezantes. Ah ! Les Alzaziens, nous zommes des chens endrebrenants, il vaut le regonnaîdre ! Che fais me renzeigner, brentre gontact afec mon nodaire, et du refiens me foir tans une zemaine, t'accord ?

Ce soir-là, c'est presque en dansant que Franz effectua les trois kilomètres qui séparent La Gravère du Rusthe. Certes, il était trop tard pour en parler à Isnel, mais dès le lendemain il lui ferait part de sa rencontre.

Ou plutôt non, il attendrait que l'industriel lui ait donné sa réponse. On était jeudi. Une semaine d'attente, ce n'est pas le bout du monde.

*

* *

Franz ne rencontra Schneiter que le dimanche « en huit ». Il se rendit à la messe, persuadé de le trouver parmi les fidèles. À la sortie, c'est Schneiter qui l'aperçut le premier : avec sa chevelure rousse, Franz était facilement repérable.

— Don avaire m'indéresse ! déclara sans détour l'industriel.

L'« entreprenant Alsacien » avait déjà consulté les négociants les plus proches, notamment Bourrousse, de Nérac, et Dubroca, de Tonneins. L'un et l'autre fournissaient en bois de construction près de la moitié du département. Il se

disposait maintenant à aller chez le meunier du Rusthe afin d'évaluer sur place les potentialités de la future scierie.

XII

La rencontre entre Schneiter et Isnel Combezou dépassa toutes les espérances. Schneiter parcourut attentivement le site, détermina l'emplacement du quai. En dépit de ses préventions défavorables, Isnel se prit de sympathie pour le minotier. Avec la présence de Franz, l'homme blessé semblait avoir repris goût à l'existence. Ce jeune Alsacien l'épatait.

— La scierie de Niederwihr, je l'ai parfaitement en mémoire, assura le garçon. Là-bas, j'avais même reproduit son mécanisme en miniature grâce aux chutes de bois qu'on me donnait. Je peux donc dessiner les plans. Sauf qu'il me faut du papier, une règle graduée, un compas, un rapporteur, un crayon, une gomme…

Combezou réfléchit.

— Voyons… voyons… Le *régent*[1] de Saint-Clair possède forcément tout ça. D'ailleurs, tu auras plaisir à le rencontrer.

---

1. Régent : instituteur (en occitan, lou régent). Notons que, jusqu'à la fin du XVIIIe siècle, c'était aussi le mot français pour désigner un maître d'école.

Le meunier s'exprimait à la mode ancienne, du temps où l'on désignait ainsi le maître d'école.

— Un homme de valeur, ce M. Pène. En plus, il a épousé une lointaine cousine à nous, Rose Laigneau. Autrefois, il a fait la classe à mon pauvre Pierre.

Joseph Pène occupait ce poste depuis plus de trois décennies. L'école avait ouvert en 1833, juste après la promulgation de la loi Guizot qui imposait une structure scolaire à tout village de plus de cinq cents habitants. En ces temps déjà lointains, Saint-Clair dépassait largement ce chiffre. Le jeune baron Haussmann, alors sous-préfet de Nérac, avait veillé à la stricte application de la loi. Il y eut d'abord à Saint-Clair quelques instituteurs médiocres avant que la commune octroie le poste à Joseph Pène en 1842. C'était sous la monarchie de Juillet. Comme la plupart de ses collègues, le jeune régent avait accueilli avec enthousiasme l'avènement de la république après les événements de 1848. Néanmoins il refusa, trois ans plus tard, de se mêler à l'insurrection fomentée par Castex.

Ne faisant jamais état de ses opinions, Joseph Pène avait traversé le second Empire sans encombre et s'y était même plus ou moins rallié lorsque Victor Duruy, d'abord républicain, avait accepté le poste de ministre de l'Instruction publique. La guerre et la débâcle l'avaient durablement meurtri. Maintenant sexagénaire, il avait connu l'école d'antan, où les élèves ne disposaient, en guise de pupitres, que de simples planches sur les genoux. Dans ces régions viticoles, les vacances les plus longues étaient fixées du 15 septembre au

15 octobre afin que les enfants puissent participer aux vendanges. Selon les départements, ces dates variaient. Victor Duruy les avait homogénéisées avec bon sens : elles se déroulaient désormais partout durant les mois les plus chauds de l'été.

*

* *

Quand Isnel Combezou amena Franz à Saint-Clair, le mois d'août s'achevait. Joseph Pène procédait aux ultimes préparatifs de la rentrée. En accord avec la mairie, son épouse et lui-même profitaient de l'intermède estival pour entasser le mobilier scolaire dans un coin et occuper la classe. Celle-ci se transformait alors en salle à manger où ils recevaient des parents, des amis. Dès que s'amorçait la dernière semaine, ils remettaient, cirés de frais, les pupitres en place.

— Voilà l'objet de notre visite, monsieur Pène. Je vous amène Franz, un petit Alsacien…

D'emblée, le cœur du maître d'école se mit à tambouriner. Ses yeux se voilèrent. Il avait placardé, à côté du tableau, une estampe représentant une Alsacienne en deuil. Sa coiffe traditionnelle était en tissu noir. À côté de cette femme, un enfant éploré désignait du doigt un paysage lointain : celui de l'Alsace perdue. Sur un autre mur figurait une carte de France, coloriée par ses soins. En bleu les fleuves, en vert les montagnes, en jaune les plaines. Tout à droite, l'Alsace et la Lorraine, voilées d'un crêpe mauve.

— Ce jeune garçon aurait besoin de vos services.

Isnel Combezou expliqua son projet.

— Ainsi, tu es ingénieux et tu sais dessiner, dit le maître d'une voix affable. Voilà une règle, un crayon, du papier. Peux-tu reproduire la classe, son poêle, tout le mobilier, en respectant strictement les proportions ?

— Je vais essayer, monsieur.

Franz s'assit à l'extrémité d'un des longs pupitres à quatre places. Son regard scruta minutieusement les lieux, de droite à gauche, de haut en bas. Puis il prit le matériel que lui tendait le régent et se mit à l'œuvre, traçant, mesurant, retraçant encore, gommant quelquefois, rectifiant. Au bout d'un quart d'heure, il rendit sa « copie ». Joseph Pène regarda, compara avec les modèles.

— Stupéfiant ! Absolument stupéfiant ! s'exclama-t-il.

Il continua d'examiner le dessin, puis regarda Franz droit dans les yeux.

— Quel âge as-tu, mon garçon ?

— Douze ans, monsieur, depuis le 24 janvier.

— J'imagine que, comme tant d'autres, tu as quitté l'Alsace depuis les tristes événements qui ont affligé notre pays. Tes parents sont à La Gravère ?

Combezou lui appliqua discrètement un coup de coude.

— Franz a quitté précipitamment l'Alsace au lendemain de son anniversaire. Des Bohémiens l'ont emmené jusqu'ici.

Le maître d'école eut un réflexe professionnel.

— Alors tu n'as pas terminé ton année scolaire ! Il t'en manque plus de la moitié. Tes qualités en dessin et en calcul sont évidentes, cependant me

permets-tu de vérifier si tu connais aussi bien l'orthographe ? Maîtriser son écriture est fondamental. Nous allons faire une petite dictée. Voici une nouvelle feuille. Cette fois, sers-toi de l'encre et de la plume Sergent-Major : la plume patriotique ! N'oublie jamais que ses fabricants l'ont nommée ainsi en souvenir du combat de la France contre l'occupant prussien.

Il attrapa un livre sur son bureau et ouvrit une page au hasard :

— Tiens, Victor Hugo ! Tu connais ?

— Oh oui, monsieur. Mon maître, M. Hamel, nous en parlait souvent.

— Je m'en réjouis ! Tiens, prends aussi ce buvard. Le travail d'un écolier doit viser à la perfection. Es-tu prêt ?

L'instituteur se mit à dicter avec lenteur, répétant chaque portion de phrase, mentionnant scrupuleusement les points et les virgules.

À la fin, il relut, laissa à Franz le soin d'apporter d'éventuelles corrections, puis reprit la feuille.

Cosette fit ainsi une douzène de pas, mais le seau été plain, il été lour, elle fut forsé de le reposait à terre. Elle respirat un instans, puis anlevat l'ance de nouvau et ce remit à marchait, sette fois un peut plus lontant. Mais il falut s'arrétait encore.

Le pédagogue fronça les sourcils.

— Oh, oh !... Évidemment, en orthographe, tu as des progrès à faire. Ce n'était pas ton fort, n'est-ce pas ?

Franz rougit. Les taches de son parurent se multiplier sur ses joues.

— Hélas non, avoua-t-il piteusement. M. Hamel s'en désolait et pensait que l'orthographe s'était détraquée en moi depuis la mort de maman. Il faut dire aussi qu'avec la guerre et les événements qui ont suivi j'ai souvent manqué la classe.

— C'est une explication possible. Il est évident néanmoins que cette dernière année d'école te fait défaut. Certes, tu n'aurais pas progressé en français, puisque les cours se déroulent désormais en allemand. Mais à présent tu es en France, et il est inconcevable que tu continues à écrire de cette façon. Malgré tes talents, jamais tu ne réussiras dans la vie avec une orthographe pareille. Adulte, tu en rougiras. C'est dommage, j'ai la conviction qu'avec ton intelligence tu pourrais venir à bout de ces lacunes en quelques mois.

Ces paroles avaient été prononcées sans colère et d'une voix douce, protectrice.

Franz baissait les yeux.

— Maintenant que l'été est fini, tu vas repartir avec tes amis bohémiens, je présume ?

— Certainement, monsieur.

— Dommage ! C'est vraiment dommage. Si tu étais resté…

Combezou intervint :

— Vois-tu, petit, je crois que les propos de M. Pène sont frappés au coin du bon sens. Une bonne instruction est indispensable aujourd'hui, et tu dois en faire une priorité. Mon moulin est vaste, la chambre de mon pauvre Pierre est libre, tu peux très bien demeurer ici avec moi. Tu auras la possibilité de fréquenter l'école autant que tu voudras, et aussi longtemps que M. le régent le

jugera nécessaire. Je te nourrirai. Mon frère et ma belle-sœur ne nous laisseront pas tomber. Durant le mois qui vient, tu profiteras du jeudi pour les aider aux vendanges. D'ailleurs, j'irai également. On n'est jamais assez nombreux durant cette période. Qu'en dis-tu ?

Tout se bouscula très vite dans la tête de Franz, à la façon de ces machines à calculer mécaniques qui servent de tiroir-caisse aux commerçants.

— Hein ? Qu'en dis-tu ? insista Joseph Pène.

Malgré son indéniable probité intellectuelle, l'instituteur n'était pas totalement désintéressé. Si Saint-Clair comptait cinq cent quarante-quatre habitants en 1833, la population avait chuté d'un bon tiers en moins d'un demi-siècle. Ici comme partout, l'exode rural vidait les campagnes. À l'autre bout du département, l'usine métallurgique de Fumel, en plein essor, attirait les fils de paysans, fascinés par le mirage du salaire qui tombe à la fin du mois. Qu'il gèle ou qu'il grêle. D'autres étaient partis vers les mines du Tarn ou de l'Aveyron, ou même s'exilaient à Paris. À sa création, la classe de Saint-Clair comptait quarante-trois élèves. Il en restait seulement onze. Encore deux ou trois départs, et Joseph Pène risquait de devoir quitter sa place avant de bénéficier de la retraite. L'apport de Franz était particulièrement bienvenu.

— Écoute, petit, dit Combezou, tu n'as pas besoin de te décider tout de suite. Quand la rentrée aura-t-elle lieu, monsieur Pène ?

— Dans quatre jours.

— Cela te laisse un peu de temps pour réfléchir. M. le régent va te prêter le matériel dont tu

as besoin pour dessiner les plans de la scierie. N'est-ce pas, monsieur Pène ? Et d'ici là, tu lui donneras ta réponse.

*

* *

Cette nuit-là, Franz dormit mal. Django, qui était allongé près de lui, s'en aperçut.

— Qu'as-tu, Franz ? Quelque chose ne va pas ?

— C'est compliqué à expliquer, Django. Si je parle, j'ai peur de réveiller les autres.

— Eh bien, allons dehors !

Les deux enfants se levèrent et sortirent sans bruit.

— Voilà, Django…

Il lui raconta son projet pour Combezou, la scierie… et surtout la suggestion du maître d'école. Rester ici afin de pouvoir aller en classe. Au moins une année de plus. Le meunier acceptait de l'héberger.

— C'est un avantage certain. Mais d'autre part, je n'ai pas le cœur à vous quitter. Surtout toi qui es devenu mon ami. Qu'en penses-tu, Django ?

— J'en pense… j'en pense… Pour moi, qui suis gitan, il n'est pas question d'aller à l'école. On n'en a guère besoin pour tresser des paniers ou rempailler des chaises. Ni pour faire les saltimbanques sur la place publique. De toute façon, nous, les Bohémiens, je te l'ai expliqué, on peut pas rester en place.

— Ah oui, comme les nomades du désert, souffla Franz.

Le souvenir d'un cours de géographie lui remonta des profondeurs. Il y avait des mots comme celui-là, appris sur les bancs de la communale, et qui chantaient dans sa mémoire : lichen, toundra, croisade, preux, dicotylédone...

— Toi, tu n'es pas fait pour bouger comme nous. Tu n'es pas né dans une roulotte. Tu nous as suivis, mais on sent bien que cette vie-là, c'est pas ta nature. Si tu as de vrais talents pour le calcul et pour le dessin, tu dois pas gâcher ce que Notre-Seigneur le bon Dieu t'a mis dans les doigts et la tête.

— Oui, mais alors je ne te verrai plus ! Je ne vous verrai plus ! Je m'étais mis à vous aimer. Vous êtes devenus ma famille.

— Nous aussi, Franz, on t'aime. Mais on se quitte pas pour toujours. Tu nous reverras tous les ans. Il nous faut bien faire provision de joncs, d'osiers, de sigorres...

— Pourtant, durant ces trois dernières années, vous n'êtes pas revenus.

— On est pas revenus à cause de la guerre. Les Prussiens nous ont d'abord interdit de quitter l'Alsace, avant de considérer que nous étions pas *perso... perso...*

— *Persona grata*.

— Oui, c'est ça : *persona grata*. Qu'ils aillent se gratter eux-mêmes, ces saletés de Boches !

Les enfants éclatèrent de rire et retournèrent se coucher.

Franz hésita encore durant la journée du lendemain. La famille Zampa fut informée du projet. Le patriarche fit entendre la voix de la sagesse :

— C'est pour ton bien, Franz. Accepte ce qu'Isnel et le maître d'école t'ont proposé. Moi, je sais un peu lire parce que, tout jeune, j'ai suivi quelque temps un saltimbanque italien : c'était un homme instruit, un ancien chanteur d'opéra qui avait abandonné sa carrière après un chagrin d'amour. Il m'a appris l'alphabet et le chant. Je ne l'ai jamais regretté. Tu dois accepter, Franz. On te promet de revenir. Dès l'an prochain si possible. Mais, tu sais, notre vie est faite d'imprévus. Ce qui est sûr c'est qu'on reviendra.

*
* *

Les Bohémiens restèrent une quinzaine de jours encore. Ils ne voulaient pas manquer le pèlerinage d'Ambrus. Franz avait écouté les conseils et s'était inscrit à l'école de Saint-Clair. La cérémonie tombant un dimanche, il put assister aux offices en compagnie de ses amis. Edmond, Louisa, et même les domestiques s'y rendirent également. Du reste, en dehors de quelques mécréants endurcis, tels que Kléber Castex qui vouait à la « calotte » une haine irréductible, aucun des habitants du voisinage n'aurait manqué ce rendez-vous annuel. Même Isnel, qui depuis la mort de son fils avait cessé toute pratique religieuse, se joignit aux pèlerins. Peut-être en raison des récents malheurs de la France, la foule arriva de tout le département : à pied, à bicyclette, à cheval, en calèche ; d'autres sur des carrioles tirées par des ânes. Des omnibus effectuaient une navette incessante. Depuis

les premières heures de l'aube, la noria des pèlerins avait commencé. Jamais Franz n'avait vu défiler autant de monde.

La vieille église s'avérant trop petite pour la circonstance, la cérémonie fut célébrée en plein air, près de la source, à la façon des anciens cultes druidiques. Seul l'évêque du diocèse, accompagné de deux prêtres et de quatre enfants de chœur, officia sous un abri de toile décoré de lierre, de bruyères et de genêts. Des jeunes filles vêtues de blanc portèrent sur un brancard la statue miraculeuse de la Vierge.

Sans oser se mettre aux premiers rangs, la famille Zampa se tenait le plus près possible de l'autel. Franz était ébloui par la magie qui émanait de cette cérémonie rustique. Il pensa au curé de Niederwihr, le brave Charles Diringer dont il avait été l'enfant de chœur. Il revit les obsèques de sa mère où avait assisté tout le village. Ainsi était faite la vie, ce mélange de joies, souvent très brèves, et de peines qui ne s'effacent jamais.

XIII

À LA FIN DU MOIS DE SEPTEMBRE, Franz avait conçu, au millimètre près, les plans et le mécanisme de la future scierie. Il les garda une quinzaine de jours supplémentaires afin de vérifier tous ses calculs.

Les Zampa auraient quitté Le Rusthe après le pèlerinage si, à l'heure du départ, Zordan ne s'était aperçu que l'essieu avant de la roulotte était sur le point de céder. Sans doute une conséquence de l'accident qui les avait immobilisés du côté de Limoges. Une réparation urgente s'imposait. Darroux, le charron de La Gravère, était un artisan chevronné : le jeudi suivant, la roulotte fut remise en état de marche. Mais, au lieu de partir le lendemain, les Gitans retardèrent encore leurs adieux afin de ne pas déroger à ce principe immuable :

— On ne part pas un vendredi, ça porte malheur !

Même muni du viatique octroyé par la Vierge d'Ambrus, il n'était pas question de jouer avec le feu. Un périple est suffisamment semé d'embûches pour ne pas risquer de les multiplier. Ils attendirent seulement que Franz soit parti à l'école afin que

la séparation d'avec Django ne lui cause pas trop de peine.

*
* *

En regardant les plans du petit Alsacien, Joseph Pène ne put retenir un sifflement admiratif.

— Tu as vraiment dessiné ça tout seul ? Pour ce qui est du mécanisme, moi je ne m'y entends guère, parce que je n'ai jamais vu fonctionner une scierie. Je ne connais que ces pauvres scieurs de long qui viennent chaque année au Ressegayre. Un travail d'enfer. Mais j'ignore tout des scies mécaniques. Cependant, je peux t'affirmer que ton dessin est remarquable de justesse et de précision. Question arithmétique, rien n'est à reprendre. Quand donc as-tu trouvé le temps de dessiner cela ? Tu as dû y passer tes jeudis !

— Je m'y mettais le soir, à la lueur de la chandelle. Parce que le jeudi, j'accompagnais M. Combezou aux vendanges. Chez son frère. J'en ai fait ma part.

— Mais la cueillette est achevée maintenant ! Nous sommes à la mi-octobre !

— C'est terminé seulement depuis avant-hier, monsieur. La propriété est vaste. Encore cette nuit, après souper, on a poussé la barre du pressoir et, dimanche, je suis monté sur les cuves pour crever le marc.

— Sur les cuves, imprudent ! Sais-tu que c'est extrêmement dangereux ?

— Vous auriez raison, monsieur, si les cuves étaient en bois. Mais celles de Menjignon sont en ciment, avec des bords très larges, ce qui permet d'y circuler sans prendre de risques.

En effet, Edmond Combezou avait voulu que son chai soit à la pointe du progrès : cuves bâties, fouloir en acier, pressoir à vis métallique, pompe à décuver… En comparaison du moulin d'Isnel où le matériel tombait en décrépitude, tout ici fleurait bon la prospérité.

*

* *

Mais la prospérité du Rusthe, Franz eut la certitude qu'elle allait revenir lorsque ses plans achevèrent de convaincre Schneiter.

— Prafo, petit ! Tes groquis me baraizent exzellents. Foilà une avaire qui me gonvient !

L'industriel n'avait pas perdu de temps lui non plus : à Bordeaux, à Toulouse, il avait contacté une abondante clientèle de négociants.

— Pourrousse et Tuproca ne zuffiront pas. Nous tefons foir crand !

Plusieurs gabarriers étaient prêts à assurer le transport. Pour le quai, les matériaux étaient tout proches : on fit appel à Dubos, le tailleur de pierres, qui exploitait une carrière à Saint-Clair. Quant à la partie métallique, la commande fut passée à Berjou, le forgeron de Xaintrailles. Son frère travaillait à l'installation de la ligne ferroviaire Caubeyres-Casteljaloux, et il comptait négocier avec le chef de chantier quelques mètres de

rail grâce auxquels les billons seraient acheminés du quai jusqu'à la scie.

Le contrat d'association Combezou-Schneiter fut signé le 31 octobre chez Me Sourisseau, notaire à Damazan. Le minotier en profita pour procurer à Franz des papiers en bonne et due forme. Ayant pu fournir sa date de naissance, les noms et prénoms de ses parents, le tout attesté par Schneiter qui avait de solides appuis à la préfecture, le jeune Alsacien vit ainsi sa situation administrative régularisée.

Les travaux débutèrent sans perdre de temps. La scierie aurait pu être achevée en deux mois si une longue période de froid intense n'avait paralysé la dernière quinzaine de décembre et une partie de janvier. Le chantier dut s'interrompre. Durant plus d'une semaine, la température descendit jusqu'à dix degrés en dessous de zéro. Il fallut beaucoup de courage à Franz pour se rendre en classe à travers les bois glacés. Le meunier avait beau lui remplir les sabots de paille, ses pauvres pieds étaient mangés d'engelures. En outre, comme tous les écoliers, Franz portait chaque matin une bûche pour le poêle et ses mains étaient engourdies, douloureuses, brûlées par le gel. Isnel avait tenté de le soulager en lui prêtant des mitaines qui avaient appartenu à Pierre, mais les mites avaient sévi et il y avait autant de trous que de mailles.

Un soir de décembre, après un vent du nord qui avait tourbillonné en bourrasques, la neige s'était mise à tomber. Drue, épaisse, virevoltante. Lourde aussi. La forêt paya un lourd tribut à ces cascades blanches. De nombreuses cimes et branches de pin

se brisèrent. Sous le poids de la neige les arbrisseaux ployaient jusqu'à terre et ne se relèveraient pas. Même en Alsace, jamais Franz ne l'avait vue aussi dense. De toute façon, les paysages ne se ressemblaient guère. L'image qu'il gardait de là-bas, c'étaient, sur les crêtes, les sapins enneigés, leur alignement sans fin de bonnets pointus. Et puis, à Niederwihr, l'école était à deux pas : le corps et la tête emmitouflés de lainages tricotés par Odile ou par Mme Schüller, la morsure du froid ne l'atteignait guère. Ici, pour se réchauffer un peu, il devait souffler sur ses doigts, mais son haleine se refroidissait avant d'atteindre la chair.

*

* *

Au moins, dans son pensionnat douillet de Casteljaloux, Lison était à l'abri de ces vicissitudes. Grand bien lui fasse : le jour de Noël, elle se montra encore désagréable. Louisa avait réuni toute la famille autour d'une dinde rôtie. Une maîtresse dinde qu'elle avait pansée pendant trois mois et qui, grasse à souhait, avait fini son opulente existence dans les assiettes. Le petit orphelin avait apprécié ce repas convivial devant la cheminée flamboyante. C'était bien le pays de cocagne décrit par Django.

Sauf que Lison ne put s'empêcher, au moindre prétexte, d'évoquer les « roux » en des termes peu flatteurs :

— Les religieuses ont la certitude que le diable est roux. C'est parce qu'il se brûle les cheveux et la peau au feu de l'enfer.

Ou bien :

— En cours d'histoire, sœur Bénédicte nous a appris que les pharaons faisaient périr tous les rouquins.

Sans parler de son leitmotiv, sournoisement amené :

— Qu'il est beau, ce Noël enneigé ! On se croirait dans un conte. C'est surtout une chance qu'il ne pleuve pas… à cause de l'odeur !

*

* *

Les travaux de la scierie reprirent à la Chandeleur. Ce soir-là, ni Franz ni le meunier ne songèrent aux crêpes. De toute façon, ils auraient été incapables, autant l'un que l'autre, d'envoyer virevolter, comme Marishka, les fines galettes d'or. Tous les deux attendaient avec impatience la scie à ruban que Schneiter avait commandée chez Dorian frères, constructeurs-mécaniciens à Mont-de-Marsan. Le transport fut malaisé : cette machine volumineuse, qui portait le beau nom de *métier*[1], pesait plus d'une tonne. Elle était en fonte, donc cassable en cas de choc ou de chute. Une fois sortie des ateliers, elle fut convoyée par chemin de fer en direction de Bordeaux, puis chargée sur un

1. *Métier : les artisans du bois nomment ainsi la scie à ruban.*

autre train vers Toulouse, avec halte à Aiguillon, la gare la plus proche. De là, ce fut encore toute une affaire. Schneiter s'adressa à Riol, le propriétaire des omnibus. Mais ses véhicules étaient conçus pour le transport de passagers. Aussi dut-il louer à Tonneins une charrette adaptée, mesurant près de quatre mètres de long. La dernière étape ne fut pas la moindre. On approchait de Pâques, il avait plu toute la semaine et le sol était complètement détrempé. Comment s'approcher du moulin ? La charrette ne pouvait s'engager sur le terrain sans que les roues s'enfoncent jusqu'à l'essieu. Nul ne savait comment se sortir de ce mauvais pas.

— J'ai une idée ! s'écria Franz.

En entendant ce « petit rouquin » à l'accent bizarre (« Ché une itée ! ») se mêler de leurs affaires, les rouliers ne purent s'empêcher de sourire.

Isnel, lui, ne sourit pas.

— Laissez-le parler !

Tout autour du moulin, des débardeurs avaient entreposé leurs chargements de billons ventrus : des pins abattus durant l'hiver et qui n'attendaient que l'achèvement de la scierie pour être débités en planches, en voliges, en chevrons.

— Quelle est ton idée, Franz ?

— Il faut apporter trois ou quatre billons jusqu'à la route, poser le métier dessus et le pousser d'une grume à l'autre jusqu'au quai.

C'était plus vite dit que réalisé. Personne cependant n'ayant de solution meilleure, tous joignirent leurs efforts, poussant, soufflant, suant, ahanant.

Enfin, le métier atteignit les abords du quai. Les hommes s'arrêtèrent pour souffler. La tâche avait

été rude, mais le système avait réussi. Alors ils se tournèrent vers Franz.

— Bravo, petit ! Bravo, c'était bien imaginé !

Puis ils se remirent à l'ouvrage. D'abord, faire glisser la machine jusqu'à l'arbre de transmission. La positionner dans l'axe. Ensuite, la redresser : encore une manœuvre délicate. Le volant du haut fut enharnaché de cordes, les unes pour tirer, les autres pour retenir. Les Égyptiens faisaient peut-être périr les hommes roux, mais, pour dresser les obélisques, ils devaient s'y prendre de cette manière, tout aussi anxieux à la pensée qu'une seconde d'inattention ou de maladresse pouvait ruiner les milliers d'efforts accomplis.

Lorsque la lourde carcasse métallique fut parvenue au bout du quai, Riol se chargea d'en coordonner l'érection.

— Allez, tirez ! Tirez tous ensemble ! Mais tirez donc…

La machine s'érigeait lentement, lentement, passa les quarante-cinq degrés, se dressa encore.

Soudain, au moment où elle allait atteindre la verticale, une des cordes cassa. À moins qu'un nœud se soit défait.

Elle bascula d'un coup, menaçant de tomber sur ceux qui devaient la retenir en tirant vers l'arrière. Une seule corde maintenait l'énorme pièce de fonte. Déséquilibrée, elle oscillait dangereusement, ce qui multipliait son poids. Les doigts étaient ensanglantés. Tous étaient figés par le désastre inéluctable.

C'est alors que Franz avisa une barre fourchue posée contre la façade du moulin. Il bondit, se

saisit de cette perche providentielle et courut la caler contre la partie du volant que rien ne maintenait. Ce simple geste suffit. Le gros engin cessa de tanguer.

On entendit des soupirs de soulagement.

Puis, de nouveau, fusèrent des « Bravo, petit ! », « Merci ! Merci ! ».

— Une *piége*[1], c'est ça qu'il fallait ! Il l'a compris tout de suite ! conclut Isnel.

La corde fut renouée posément, la manœuvre reprit et le métier prit enfin sa place sur son socle de pierre.

Schneiter applaudit. Toute l'équipe en fit de même.

— Pah ! fit Schneiter, on ne vait bas de crantes choses zans crantes émozions ! C'est pien ! Ché fous vélicide ! Et bartigulièrement doi, cheune homme !

Bien d'autres commentaires furent chuchotés à voix basse :

— Mais qui c'est, ce gamin ? Tu connais, toi ?

— Pas possible, il a un don ! Tu as vu comment il nous a tirés d'affaire ?

— Il paraît que c'est un réfugié alsacien. S'ils sont tous comme ça là-bas, pas étonnant que les Boches nous les aient pris.

Enroulée dans un emballage à part, la longue lame d'acier ressemblait à une couleuvre endormie.

---

1. *Piége : nom féminin en gascon. Une piége, avec accent aigu, désigne un étai provisoire soutenant une poutre défaillante, ou une branche de pommier trop chargée de fruits. Sans doute une forme patoisante de piège (avec accent grave).*

Franz savait qu'en la manipulant elle pouvait se dresser comme un ressort et, de ses dents agressives, mordre cruellement les chairs. Il avait suffisamment observé les scieurs de Niederwihr et la déroula lui-même avec d'extrêmes précautions. Après en avoir habillé les volants, il se précipita encore pour placer la courroie :

— Je m'en charge !

Habilement, il fit glisser l'épaisse toile sur la poulie du métier, puis sur celle de l'arbre de transmission. Une bonne friction de résine sur les poulies, et tout était prêt. Il ne restait qu'à ouvrir la vanne du bief pour actionner la roue à aubes.

— Ça, intervint le meunier, c'est mon boulot !

Il franchit la petite chaussée avec une agilité de jeune homme. En un éclair, Franz revit, à la porte du moulin, l'image du pauvre être déchu. Ou celle de ce pantin désarticulé, penché au-dessus de l'eau. Quelle métamorphose en quelques mois !

Le meunier tira sur le manche, fit basculer la trappe. Le courant déversa toute sa force sur les pales. Lentement, la roue commença à tourner, entraînant la courroie, tandis qu'à quelques mètres les deux volants grincèrent, puis se mirent en mouvement. La lame étincelait, scintillant sous l'éclat du soleil. Le sifflement, d'abord aigu et strident, céda la place à un ronronnement régulier.

Encore une fois les applaudissements crépitèrent. Les regards se tournèrent vers Franz. Ces hommes de peine, à l'admiration d'ordinaire parcimonieuse, étaient émerveillés. Tout avait concordé avec les plans réalisés par ce petit rouquin frêle. Et

c'est sans la moindre ironie que des voix pleines d'affection s'élevèrent pour la troisième fois :

— Bravo Franz ! Bravo l'Alsacien ! Bravo ! Bravo !...

*

* *

Ce jour-là seulement, Franz manqua l'école avec l'autorisation expresse de Joseph Pène. Mais, de toute l'année, jamais il ne s'absenta une heure, pas même pour donner un coup de main à la scierie. Il est vrai qu'Isnel Combezou avait embauché trois commis permanents. Toutes les prévisions s'étaient révélées justes : les chargements de billons ne cessèrent d'affluer. Pour transporter le bois débité jusqu'aux quais de La Gravère, on utilisa d'abord la charrette et les bœufs d'Edmond qui disposait de quatre solides bovins et pouvait se permettre d'en prêter deux. Cependant, il lui fallait parfois tout ce cheptel pour le labourage, et surtout le sulfatage. Depuis le printemps, – sans doute en raison de l'hiver pluvieux qui avait succédé au froid de décembre – de curieuses taches étaient apparues sur les feuilles de vigne. Ce n'était pas l'oïdium ni le mildiou. Plusieurs vignerons avaient constaté les mêmes symptômes, sans pouvoir les identifier. Alors, à tout hasard, ils avaient doublé les sulfatages, sans que le résultat s'avère probant.

Isnel ne voulut donc plus solliciter son frère. Il contacta Ducomet, le maquignon de Lavardac, qui lui reprit sa vieille rosse et lui vendit une paire de

jeunes mulets, capables d'assurer un transport régulier depuis la scierie jusqu'au canal.

*

*   *

À l'école, Franz fut plutôt bien accueilli par les autres enfants de la commune. Un jour, pourtant, une altercation survint après une partie de billes au cours de laquelle son adresse s'était révélée spectaculaire. Au moment où la cloche sonnait, le fils Bransoullé, du Basta, furieux d'avoir perdu, se rua sur lui et tira si violemment la poche de son tablier qu'elle se déchira. Toutes les billes se dispersèrent. Franz, pourtant si calme, se révolta :

— Tu n'as pas le droit de faire ça !

— Dis donc, espèce de rouquin, toi qui n'es même pas d'ici, tu comptes nous faire la loi ? Tu veux qu'on te frictionne les oreilles ?

Les coups commencèrent à pleuvoir et, si l'instituteur n'était pas intervenu, le « rouquin » aurait certainement passé un mauvais quart d'heure. À la fin de la journée, Franz était encore secoué de sanglots. Rose s'en aperçut à l'instant où il raccrochait sa blouse au portemanteau. Elle s'approcha de lui et le consola de son mieux. Le lendemain, heureusement, nul ne parla plus de l'incident. Et Jules Bransoullé, sans doute sermonné par le maître, s'efforça de se montrer bon camarade durant les mois qui suivirent.

En matière d'instruction, Joseph Pène ne badinait pas : dictée chaque matin ! Dorénavant, aucune règle d'accord du participe passé n'eut de

secrets pour Franz ni les conjugaisons des verbes les plus irréguliers.

Dans les premiers jours du mois d'octobre 1815, une heure environ avant le coucher du soleil, un homme qui voyageait à pied entrait dans la petite ville de Digne. Il pouvait avoir quarante-six ou quarante-huit ans. Une casquette à visière de cuir rabattue cachait en partie son visage brûlé par le soleil et le hâle. La chaleur, le voyage à pied, la poussière ajoutaient je ne sais quoi de sordide à cet ensemble délabré.

— Zéro faute ! s'exclama l'instituteur. Tu m'entends, Franz ! Zéro faute ! Considère les progrès que tu as accomplis, et combien tu as eu raison de reprendre ta scolarité !

En effet, non seulement Franz avait progressé en orthographe de façon spectaculaire, mais, le mois de juin venu, Joseph Pène le présenta au certificat d'études. Il sortit victorieux de l'épreuve. Plus encore :

— Tu es premier du canton ! Tu entends, Franz, premier du canton !

Joseph Pène jubilait, transcendé par cette joie des instituteurs d'antan face au succès de leurs élèves. Cette victoire, c'était celle de Franz, celle du petit exilé à l'accent impossible, mais elle représentait aussi sa propre réussite de maître d'école.

— Le curé a la charge de conduire ses ouailles au Ciel, tandis que moi, plus modestement, je m'efforce de les mener au certificat d'études.

Cette phrase, combien de fois les habitants de Saint-Clair la lui avaient entendu répéter depuis la

création de cet examen par Victor Duruy, sept ans plus tôt.

— Souviens-toi, Franz, que ton diplôme n'est pas une fin mais un commencement : parce qu'il atteste que tu sais lire, écrire et compter, que tu connais l'histoire et la géographie de notre belle France, aucune porte désormais ne se fermera devant toi. Même avec ton accent alsacien, et quelle que soit ta couleur de cheveux, le certificat d'études sera ton passeport.

Le maire de Saint-Clair, Célestin Vigneau, se déplaça à l'école pour féliciter le lauréat et lui remettre le précieux document : premier du canton ! Tous les conseillers municipaux assistèrent à cette solennité. Franz pensa très fort à la fierté qu'auraient éprouvée ses parents s'ils avaient été là. À sa mère qui devait le regarder derrière les nuages. À son père dont rien ne garantissait qu'il fût encore de ce monde.

Non, rien ne le garantissait, sauf un instinct obscur qui empêchait Franz de renoncer à toute espérance.

Mais que valent ces intuitions ? Le plus souvent elles se contentent de murmurer ce que nous désirons entendre.

XIV

L'AUTRE GRANDE JOIE DE FRANZ fut le retour des Zampa au début de juillet. L'été flamboyait. Pas une goutte de pluie n'était tombée depuis un mois. Après avoir traversé durant plusieurs heures des landes sans ombre, les chevaux et les chiens assoiffés se précipitèrent vers le ruisseau. Cette rituelle arrivée des Gitans fut une fête. Surtout pour les deux enfants qui s'étreignirent, au bord des larmes. On avait tant de choses à se raconter.

Comme à chaque fois, Franz profita d'une pause pour aller câliner le museau de Kalari, qui l'avait si mystérieusement tiré d'affaire après sa fuite éperdue.

Puis leurs conversations reprirent :

— Mon père m'a appris à jouer de la guitare, annonça fièrement Django. Ma foi, je me débrouille pas mal. C'est vraiment un truc qui me plaît. J'ai même joué en public.

Franz ne manquait pas non plus de matière : la scierie, l'accord avec Schneiter, son certificat d'études… Django s'extasiait :

— Dire que je te promettais une vallée magique ! Mais c'est toi qui es magique ! Franz le Magique :

tout te réussit et tu mériterais bien qu'on t'appelle comme ça !

À Niederwihr, ses camarades le surnommaient « l'ingénieur ». Ici, Franz le Magique : pourquoi pas ?

La résurrection d'Isnel, pas besoin d'en faire un long discours : elle sautait aux yeux. Les alentours du moulin, moribonds l'an passé, grouillaient d'activité. Des charrettes venaient décharger les grumes, d'autres repartaient avec leur entassement de planches et de bois débité. Le crissement aigu de la scie avait remplacé le sourd grondement des meules, et surtout le silence de mort qui lui avait succédé.

— Cette scierie, Franz en a conçu les plans ! proclamait l'ancien meunier. Maintenant qu'il a fini l'école, c'est un véritable associé, et nous allons travailler ensemble, comme nous le faisons avec Chénéter qui n'est pas un mauvais bougre, tant s'en faut !

Franz, un associé... Un associé de treize ans et demi : Franz le Magique ! À peine avait-il eu le temps de lier quelques amitiés à l'école de Saint-Clair tant la construction de la scierie, les coups de main à Menjignon et sa volonté farouche de combler ses lacunes scolaires avaient absorbé ses heures. Il n'avait guère eu les distractions d'un enfant de son âge. Aussi fut-il pris, avec le retour de Django, d'une folle envie de s'amuser, de rattraper le temps perdu. Pas tous les jours cependant, mais enfin se retrouver un peu enfant, pour quelques demi-journées, ou même quelques moments de grâce.

*
* *

Franz voulut d'abord tout connaître de la vallée. Depuis son arrivée, il en avait découvert les bas-fonds luxuriants, les rives du ruisseau avec leur jungle d'herbes sauvages, leur faune si particulière. À présent, il voulait explorer, sur les hauteurs, ces amoncellements de roches aux formes mystérieuses.

Pour cela, il fallait d'abord se rendre à Menjignon. Ils profitèrent d'un dimanche après-midi.

— Si vous allez là-haut, il est peu probable que vous trouviez des girolles à cette saison, observa Edmond Combezou. C'est trop sec. Attendez la fin août, après un bel orage. Là, vous remplirez les paniers.

— Pour le moment ce ne sont pas les champignons qui nous intéressent, répondit Franz. Django m'assure que ce lieu est étonnant avec ses rochers…

— Ce lieu ? Ce chaos, vous voulez dire ! Oh oui, un véritable chaos. On prétend qu'il en existe comme cela dans les Cévennes ou le Midi. Des lieux fréquentés par les touristes ou les amateurs de curiosités. Là-haut, ce sera pour vous seuls. Vous ne rencontrerez que des lapins, des écureuils et des renards… Soyez courageux, car la montée est ardue et, malgré la sécheresse, le lieu est tellement ombragé que la glaise reste glissante.

Ardue, l'escalade l'était effectivement. Mais, pour les deux amis, ce fut un pur divertissement que de s'accrocher à un roc, se hisser à un arbuste,

y prendre appui pour en saisir un autre. Après avoir franchi cette zone intermédiaire, ils atteignirent enfin le « chaos ». Devant ce paysage étonnant, Franz ne put retenir un cri d'admiration. En dépit des chênes centenaires qui le recouvraient, ce site avait quelque chose de lunaire. Une cité mystérieuse qu'habitaient peut-être des lutins et des elfes. Tout confirmait la description de Django. Ici, on aurait dit un gros champignon, là une ruelle étroite, plus loin une maisonnette ou un abri proéminent comme un porche d'église. La pierre était parfaitement lisse, presque savonneuse, polie par des millénaires d'érosion. Le ruisseau qui serpentait tout au fond avait dû creuser la vallée, patiemment, obstinément, siècle après siècle. Une éternité de siècles. Rabotant, limant, ponçant, moulurant, chantournant. Là on abordait une nécropole, un peu plus loin une proue de navire. C'étaient des galbes gracieux, des corniches, des tores, des billettes éparses placées là par un esprit à la fois génial et désordonné.

— Que dirais-tu d'une partie de cache-cache ? suggéra Django.

Unc partie de cache-cache ! Il n'y avait pas joué depuis Niederwihr. À Saint-Clair, pendant les récréations, il mourait d'envie de se mêler aux autres pour y participer. Mais, outre que son succès aux billes lui avait laissé un souvenir cuisant, il préférait s'exiler dans un coin et réviser ses leçons de grammaire. Ou bien, avec un crayon et du papier, il corrigeait, modifiait, améliorait sans cesse le pourtour de la scierie.

Va donc pour la partie de cache-cache.

*

* *

Après l'exploration du « chaos », Franz voulut essayer la pêche aux écrevisses. À Niederwihr, il avait quelquefois pêché les vairons ou les épinoches avec une ligne, du crin et un bouchon, de façon tout à fait classique. Mais les écrevisses, jamais. D'ailleurs, personne là-bas ne lui en avait seulement parlé, et il était intrigué par ces curieuses bestioles. Cependant, cette fois encore il fallut attendre un dimanche : Zordan n'aurait pas admis que Django perde son temps à se divertir quand le travail pressait.

— C'est pas à Lyon ni à Béziers qu'on ramassera les sigorres. Elles poussent ici et pas ailleurs.

Tout en travaillant, les deux gamins peaufinaient le projet. Les écrevisses, soit on les capture à la balance, et il faut y aller à l'aube, soit on y va la nuit.

— Sauf que là c'est du braconnage. Si les gendarmes nous pincent, on est bons comme la romaine. Mon père n'acceptera jamais. Tu as bien vu que nous, les Tziganes, on n'a pas intérêt à se faire remarquer. S'il y avait eu Pierre, je dis pas, il était malin, il connaissait l'heure où les gendarmes risquent de passer. Que Dieu ait son âme, pauvre Pierre ! Maintenant, sans lui, la prudence est de mise.

Isnel proposa aux enfants de les conduire à la pêche le dernier dimanche de juillet. Il avait conservé une dizaine de balances qui n'avaient jamais resservi depuis la mort de son fils. Une

réparation des filets s'imposait au préalable. Elles avaient été suspendues à un clou pendant leurs quatre années de chômage et les souris en avaient profité pour grignoter les fils de chanvre. Tous trois se mirent à l'ouvrage, déployant une véritable habileté de couturière.

Pour l'appât, rien de mieux que des tripes de poulet nouées au centre du piège. Or le meunier ne disposait que de ses deux poules. Même si elles ne pondaient plus que de façon parcimonieuse, il ne pouvait se résoudre à les saigner.

— Bien sûr, elles sont devenues avares du croupion, mais ce sont de braves bêtes et parfois je n'ai eu qu'elles pour me tenir compagnie.

— Alors, pas de tripes, pas de pêche ? fit Django, dépité.

— Ne vous inquiétez pas ! Un morceau de lard un peu rance, quelques gouttes d'essence de térébenthine par-dessus, et ça fait aussi l'affaire ! Ce qu'il nous faudra, c'est une branche de vergne, bien droite et fourchue à son extrémité. Le cordonnet coulissera sur cette fourche au moment de lever la balance.

La chaleur de juillet était à son comble. Franz et Django peinèrent à fermer l'œil durant la nuit. Franz surtout, qui n'avait jamais vu ces crustacés à la forme bizarre, aux pinces redoutables, et qui n'avançaient qu'à reculons. S'il parvint à s'endormir par moments, des cauchemars l'éveillèrent : des colonies d'écrevisses lui grimpaient sur le corps. Une d'elles, au fond de l'eau, s'adressait à lui :

— Hé toi, le rouquin d'Alsace, tu crois que je ne vois pas tes cheveux ? Cache-toi, ou fais-toi teindre en vert !

Et elle s'éloignait en le narguant.

Ou bien une pince gigantesque s'approchait de son visage et menaçait de lui arracher le nez.

*

* *

L'arrivée de l'aube fut une double joie. Elle le délivrait des monstres de la nuit et il allait enfin connaître cette curieuse pêche. Isnel s'était levé avant eux et les attendait, un seau dans une main, la gaule fourchue dans l'autre.

— Bonjour la jeunesse ! C'est le moment de partir, vous déjeunerez au retour. À vous de porter les balances, le bon Dieu ne m'a donné que deux mains. Le lard est noué sur chacune d'elles, mieux vaut les tenir à plat.

Le trio longea le rivage qu'éclairait vaguement une lumière tamisée. Le soleil, déjà levé sur les collines, tardait à pénétrer dans le vallon où la nature sommeillait encore. Seul le bruit de leurs pas et le frôlement des feuilles troublaient le silence du matin. La fraîcheur nocturne se prolongeait. Un ultime sursis avant le déferlement de la canicule.

— L'important, murmura Isnel, c'est de choisir les places : si le lit du ruisseau est dégagé, lisse et sablonneux, inutile de s'y attarder. Les écrevisses affectionnent les racines et les pierres.

À l'abri des aulnes, l'eau limpide se distinguait à peine. Il fallait écarter les herbes hautes qui en

barraient l'accès, les coucher, puis regarder, observer, scruter le fond avec une vigilance d'orpailleur.

— Là, c'est bon, monsieur Isnel ?

— Pas du tout, Franz. Il n'y a qu'une misérable racine, où veux-tu qu'elles se cachent ?

— Et là, regardez, monsieur Isnel, il y a plusieurs grosses pierres ensemble !

— Oui, là c'est une belle place. Attends que je m'approche, car le fond doit aussi être bien plat, sinon l'écrevisse, pas bête, va passer sous le filet, se goinfrer de lard et, quand tu soulèveras, bernique ! Observe sur la gauche, à une coudée de la pierre moussue, il y a un espace dégagé, c'est là qu'il faut poser la balance.

Un peu plus loin, le lit du ruisseau était un inextricable enchevêtrement de racines.

— Parfait ! Parfait ! Ça doit grouiller là-dessous. Le problème, c'est que je ne vois pas où me placer. Si ! Sur la droite, regardez, les enfants, là, j'ai mon affaire.

Au bout d'un quart d'heure, la dizaine de balances furent installées. Franz et Django bouillaient d'impatience.

— On y va ? On va les lever ? C'est le moment ?…

— Non, les écrevisses sont méfiantes. Laissons-leur le temps de flairer l'appât. Attendez qu'elles sortent et qu'elles franchissent le rebord métallique. Une fois qu'il y en a une, les autres suivront.

— Alors attendons le plus possible, conclut Franz. Plus on attend, meilleure est la prise.

— Pas du tout ! On doit patienter assez, et pas trop. Si tu laisses la balance trop longtemps, elles

auront dévoré tout le lard et repartiront le ventre plein. Mais à présent, je crois que c'est bon.

Django bondit.

— Moi ! Moi ! Je veux lever !

— Moi aussi ! Moi aussi !

— Non, les enfants, ni l'un ni l'autre. Observez d'abord comment je m'y prends. Je repère la cordelette parmi les herbes. Délicatement, je la glisse sur la fourche. J'insiste : délicatement ! La moindre maladresse les affole et, d'un coup de queue, elles quittent la balance. Regardez, j'y vais en douceur, en douceur… et hop !

Tous ces gestes, toutes ces précautions revenaient peu à peu à la mémoire de Django, mais il n'osa rien dire tant il sentait Isnel heureux de leur communiquer ce savoir-faire.

La balance fut tirée hors de l'eau, tanguant, tournoyant. Prises au piège, cinq ou six écrevisses cherchaient à s'échapper, butant contre le cercle de fer. Isnel la déposa sur la berge.

— Attrapez-les par le dos si vous ne voulez pas vous faire pincer, et direct dans le seau ! Ne traînez pas, sinon elles vont se disperser parmi les herbes et, vite fait, regagner le ruisseau.

— On met de l'eau ?

— Jamais, Franz ! L'eau dormante les noie et elles perdent leur saveur. Disposez des orties au fond, ça les garde vivantes.

— Ah bon… Pourquoi ?

— Pourquoi ? Pourquoi ? Tu veux toujours comprendre le pourquoi des choses ! Est-ce que je sais, moi ? C'est comme ça ! Pourquoi le blé moulu n'a pas la même odeur que le maïs ou le

seigle ? Pourquoi toutes les sources n'ont pas une saveur identique ? Pourquoi les cerises sont rouges et les poires sont vertes ? Je l'ignore. La nature a ses secrets.

La deuxième balance, Isnel la leva encore. Elle ne contenait que trois prisonnières. Mais de belle taille. Trois bonnes grosses vieilles qui devaient dater de l'Empire.

— À toi maintenant, Django, puisque tu avais déjà fait ça avec mon *pauvre*[1] Pierre.

Cette fois, la charge était telle que la balance faillit chavirer. Habilement, Django parvint à rattraper son équilibre et la déposa parmi les prêles.

Franz hésita lorsque vint son tour. Un peu confus de l'avoir rabroué, Isnel redoubla de gentillesse.

— Allons, vas-y ! Adroit comme tu l'es, ça va marcher !

La balance, bien garnie, apparut à la surface de l'eau.

— J'en ai huit ! J'en ai huit !

— Oui, mais dépêche-toi, ramène-les vite sur le bord !

Au moment où la cloche de Saint-Clair sonna l'heure de la première messe, les trois pêcheurs achevaient leur quatrième levée. Le seau était plein aux trois quarts. Les enfants auraient aimé continuer, la sagesse d'Isnel les en dissuada.

1. *Pauvre : cet adjectif peut prendre le sens très particulier de regretté ou de défunt lorsqu'il désigne une personne disparue : ma pauvre mère, mon pauvre mari (en français d'autrefois : feu mon mari).*

— Ces écrevisses, c'est un joli cadeau que nous offre la nature : leur pêche est amusante, leur chair est délicieuse. Alors, pourquoi les gaspiller ? Nous pourrions en attraper quelques-unes de plus, mais à quoi bon ? Pour les jeter après ? Ne serez-vous pas contents de revenir les pêcher une autre fois ?

— Oh oui, bien sûr ! répondirent en chœur les gamins.

— Bon ! Maintenant, allez casser la croûte en vitesse, et ne traînez pas : c'est bientôt l'heure de la grand-messe. Pour la première, vous avez entendu la cloche, c'est raté ! Moi, j'y vais plus, parce que je suis fâché avec le bon Dieu. De toute façon, il a dû m'oublier. Je vous attendrai, juste avant midi, pour cuisiner ces demoiselles. Un court-bouillon tout simple : de l'eau, du sel, du persil, un peu de poivre. Vous allez voir, ces coquines rougiront de plaisir et, après, m'est avis qu'on va se régaler ! Surtout, ne tardez pas : le soleil est en pleine forme et la canicule va nous tomber dessus. On a bien fait de profiter de la fraîcheur.

*
* *

La fin de l'été approchait. Plusieurs orages survenus durant la deuxième quinzaine d'août avaient un peu rafraîchi l'atmosphère et préparé les esprits au déclin des beaux jours. Bientôt, les Tziganes reprendraient la route. Franz avait accompli ce qu'il pouvait considérer comme une mission : il avait redonné le goût de vivre à un homme qui aurait pu être son père. Un père désemparé par

la perte de son fils unique. Isnel Combezou avait retrouvé un sens à son existence. Son moulin ruiné, aujourd'hui remplacé par une scierie prospère, n'était plus qu'un mauvais souvenir. Certes, sa blessure n'était pas éteinte, pas plus que celle de Franz. Mais enfin son nouveau métier lui redonnait un statut moral, une place au sein de la société. Il était redevenu un artisan respecté qui faisait vivre des hommes, des familles.

Un an plus tôt, ce qui avait aussi déterminé Franz à rester, c'était sa décision d'achever son parcours scolaire interrompu. Là encore, mission accomplie, avec un beau certificat d'études en poche. Pour lui, le moment était venu de repartir.

Il ne quitterait pas la vallée des Joncières sans un pincement douloureux. Elle ne lui avait pas encore livré tous ses secrets. Bien d'autres, sans doute, restaient à découvrir. En particulier cette grotte dont avait parlé Django. Mais le monde entier aussi restait à découvrir. Il faudrait plusieurs vies pour en venir à bout.

D'ailleurs, ce n'était pas le monde qui intéressait Franz, mais retrouver son père. Les événements qui les avaient séparés remontaient à plus de deux ans. Il voulait savoir quelque chose. Du moins en avoir le cœur net. Plusieurs fois par jour, des images angoissantes s'imposaient à lui. La course éperdue à travers la forêt. Les derniers mots d'Ulrich : « Je vais les attirer vers les sapins. Ne discute pas, cours vite ! Que Dieu te garde... » Le coup de feu. Et puis plus rien.

Les Zampa ne l'emmèneraient pas jusqu'en Alsace. Après leur expulsion, ils auraient risqué

de graves ennuis. Néanmoins ils pouvaient le conduire jusqu'à la zone libre de Belfort. De là, il rejoindrait Niederwihr.

Dans ce raisonnement, nul doute que comptait aussi l'idée de ne pas quitter les Gitans une nouvelle fois et surtout son ami Django qui était devenu un véritable frère.

*

* *

Zordan, à qui l'âge avait conféré sagesse et expérience, lui fit toucher du doigt les difficultés d'une pareille entreprise.

— Franz, tu rêves ! Là-bas, tu n'es pas non plus *persona grata*. Souviens-toi que tu as ridiculisé un officier prussien devant ses uhlans. Tu lui as arraché son pistolet, tu l'as menacé face à ses hommes. Forcément, les Boches te recherchent, ton signalement est divulgué. Excuse-moi de te le dire mais enfin, pour ne pas être remarqué, j'ai connu mieux : des cheveux aussi roux que les tiens, on n'en rencontre pas beaucoup. À moins de te teindre une nouvelle fois, et de recommencer tous les jours, tu as peu de chances de passer inaperçu ! Non, Franz, ton idée n'est pas raisonnable.

— Mais je veux retrouver mon père. En tout cas, savoir ce qu'il est devenu ! Ne plus être torturé par ce doute !

— Retrouver ton père ? Tu vas courir après une ombre, Franz. J'espère, comme toi, qu'il est en vie. Mais l'Alsace, c'est grand. Autant chercher une pointe d'alêne parmi les aiguilles de pin. D'autant

plus que les Prussiens sont redoutables. Ne va pas te fourrer dans la gueule du loup.

Zordan le fixait de ses yeux noirs et perçants. Franz tourna la tête. C'est alors qu'il aperçut Isnel, sur le seuil, à quelques mètres de lui. Le meunier, de toute évidence, avait entendu la conversation. De grosses larmes coulaient sur ses joues ridées. Sans un mot, il entrouvrit la porte du moulin et la referma derrière lui. L'écho lourd de ses pas résonna dans l'escalier.

Bouleversé, Franz bondit vers l'entrée et se faufila jusqu'au pas-perdu, sans oser monter jusqu'à l'étage. En décidant de partir, il avait oublié qu'ici, dans la vallée des Joncières, il n'était pas seul. Comment avait-il pu tenir pour négligeable ce lien qui s'était créé ? Comment ne s'était-il pas rendu compte que ce pauvre homme avait remonté la pente grâce à la scierie, bien sûr, mais aussi, et peut-être surtout, en raison de sa présence à ses côtés ?

Zordan l'entendit crier :

— Père Combezou ! Pardon... Père Combezou, pardon ! Je vous promets de rester ! Je vous le promets ! Je ne vous quitterai pas...

XV

Franz eut la satisfaction de garder Django plus longtemps que prévu. En effet, malgré l'étrange maladie qui avait commencé d'affecter le vignoble, la récolte 1873 fut assez abondante. Favorisée par un ensoleillement exceptionnel, la qualité figura également au rendez-vous. Mais les vignerons avaient de plus en plus de mal à recruter de la main-d'œuvre. L'appel des sirènes vers l'emploi urbain et salarié avait vidé les campagnes. Les métayers, les domestiques, les journaliers, tous ceux qui naguère gagnaient leur vie en s'embauchant dans les fermes avaient cédé à ce mirage. Ils n'hésitaient même pas à quitter le département. Tout le nord du pays avait souffert de la guerre. Ainsi que Franz l'avait expliqué à Isnel, beaucoup de villes devaient être reconstruites. En outre, le réseau de chemin de fer continuait d'étendre sa trame sur tout le territoire. Pour lui, on bâtissait des gares, on perçait des tunnels. Des ponts pharaoniques étaient édifiés, des viaducs de pierre ou de fer reliant des collines et même des montagnes.

Selon une formule que les publicistes répétaient à l'envi, l'agriculture manquait de bras. Surtout en

cette période où il fallait du monde pour couper les grappes.

Quant au pénible transport des comportes, il réclamait une main-d'œuvre particulière. Edmond avait fait appel à deux Landais qui étaient déjà venus chez lui les années précédentes. De ceux-là, il s'en trouvait encore assez facilement du côté de Houeillès et d'Allons, au pays des bergers à échasses. Là-bas, le sol était misérable : du sable sur de l'alios. De la terre à mourir de faim. Aussi les hommes saisissaient-ils toutes les occasions : le gemmage des pins, l'abattage des arbres, les tâches les plus rudes dans les vignobles, quitte à aller chercher à vingt ou trente kilomètres les propriétés les plus proches. Ils partaient pour un mois, laissant femmes et enfants, couchaient à l'étable avec le bétail, sous les hangars, et parfois dehors si la saison se montrait clémente. Rivés à leurs landes marécageuses, cernés par les forêts de pins, vivant à l'écart, ils étaient moins tentés par l'appel inexorable des villes.

Ce sont surtout les vendangeurs qui manquaient. Aussi la famille Zampa avait-elle accepté de rester quelques semaines de plus.

Comme l'école était terminée pour lui, Franz aidait Isnel à la scierie. Mais, en raison de l'urgence, il se munit de ciseaux et se joignit à toutes ces bonnes volontés. Un tas de grumes peut attendre quelques jours, tandis que les raisins, quand ils sont mûrs, que la pourriture menace, ou pire encore s'il y a risque d'orage, il faut les cueillir au plus vite.

Cette année-là, justement, la canicule de la première partie de l'été avait favorisé après le 15 août l'accumulation de nuages lourds, bariolés, menaçants. Des orages destructeurs s'étaient abattus : le facteur racontait qu'à Mongaillard, à Vianne, à Calezun, les grêlons n'avaient laissé que les ceps. Non seulement la récolte avait été perdue, mais le pilonnage avait tellement broyé les pampres qu'on n'y vendangerait pas avant deux ans. Quoique le vignoble d'Edmond ait été épargné, les raisins commençaient à moisir.

L'aide des Gitans s'avéra donc la bienvenue. Celle de Franz également. D'autant plus qu'il n'était pas sans expérience. Déjà à Niederwihr, il lui arrivait d'accompagner Ulrich et de prendre les ciseaux. Certes, les usages n'étaient pas les mêmes : là-bas, le raisin se récoltait dans des hottes ; ici, c'étaient des baquets de peuplier que l'on vidait ensuite dans des comportes. Ce qui changeait aussi, c'était la modernité du chai : avec l'égrappoir à manivelle, plus besoin de fouler, jambes nues, la vendange à l'intérieur des cuviers.

— Dommage que le ruisseau ne soit pas plus près, songeait Franz. Avec une roue à aubes et une poulie, l'égrappoir tournerait avec la seule force du courant.

Déjà il réfléchissait à d'autres solutions possibles. Peut-être une éolienne sur le toit ?

Ce chai ultramoderne, Edmond y avait placé les trois quarts de ses économies.

— Je ne le regrette pas, assurait-il avec fierté. C'est un investissement judicieux pour l'avenir.

Louisa n'avait fait aucune objection à cette dépense, totalement convaincue elle aussi qu'un chai à la pointe de la technique était un gage de prospérité.

D'ailleurs, à Menjignon, ce n'était pas seulement le chai qui était moderne. Les vignes elles-mêmes avaient été conçues selon des méthodes nouvelles. Autrefois, les plantations étaient disposées en *joualles*, c'est-à-dire que les rangées de ceps alternaient avec des cultures céréalières. Parcelle après parcelle, Edmond avait remplacé ce bricolage archaïque par de vrais vignobles, d'une seule pièce, avec piquets d'acacia et fil de fer. Pour les labourages et hersages annuels, et plus encore pour les traitements au soufre ou à la bouillie bordelaise, désormais inévitables, ce système s'avérait cent fois plus pratique.

Des anciennes méthodes, il n'avait conservé, sur quelques terrains sablonneux, que le jumelage de la vigne et des arbres fruitiers. Cette disposition, moins fonctionnelle, présentait l'avantage de mener à terme deux récoltes à la fois.

*

* *

Le 18 octobre, les vendanges achevées, les Gitans reprirent la route. Il sembla à Franz que Lazlo était particulièrement pressé de partir. Le jeune homme s'était pourtant bien entendu avec tout le monde, et il ne semblait pas que la vallée des Joncières l'eût moins comblé que d'habitude. On a parfois du mal à comprendre les êtres.

Cette nouvelle séparation causa du chagrin à Franz. Django ne fut pas moins ému. Après leur départ, Franz continua de loger au moulin. Isnel avait embauché d'anciens scieurs de long qu'il payait au mois, et il ne manquait pas de main-d'œuvre. Ce qui n'était pas le cas de son frère. Il y avait bien Camille et Yvette à demeure, ainsi que trois ou quatre journaliers de Saint-Clair qui venaient se louer en cas de besoin. Mais tous avaient passé la cinquantaine, et la relève s'avérait loin d'être assurée.

Aussi Franz apporta-t-il son aide lors de la taille de la vigne. Après quelques heures d'observation, il eut tôt fait de comprendre le principe : une *plie*, un *sifflet*[1]. Élaguer tous les gourmands.

Sans être grand clerc, il ne tarda pas à s'apercevoir que les pampres, à la coupe, n'arboraient pas leur jolie couleur pâte d'amande ni cette consistance juteuse, qui sont signes de bonne santé. On y décelait des stries marron, comme sur un sarment après plusieurs mois de séchage.

Souvent, celui qui souffre d'une maladie grave en garde le secret. Bien qu'il n'en parlât à personne, Edmond sentait bien que ces changements étaient anormaux. En parler eût confirmé la certitude du mal, alors qu'on pouvait douter encore : en mai, lors de la floraison, un refroidissement avait provoqué des arrêts de sève. Au cours de l'été, ces pluies orageuses pouvaient avoir eu des effets néfastes.

1. *Lors de la taille, on élimine tous les sarments sauf un long, la plie, de six à sept bourgeons, et un court, le sifflet, de deux à trois bourgeons.*

On n'avait peut-être pas fait assez attention à la lune lors de la dernière taille…

*

* *

Ses repas de midi, Franz les prenait à Menjignon. Maîtres et domestiques réunis. L'affection dont il était entouré n'effaçait pas le souvenir de sa famille perdue, mais il y appréciait une intimité, une fraternité qui compensaient un peu ce qui lui avait glissé entre les doigts.

Aux vacances, Lison revenait. Elle avait grandi, se faisait jeune fille. Sa beauté s'affirmait : une taille fine, plutôt élancée, de magnifiques yeux bleus, une chevelure flamboyante. Elle continuait d'étudier au pensionnat. La terre, non merci, ce n'était pas pour elle.

Jamais, d'ailleurs, ça n'avait été son affaire. Petite, lorsqu'elle avait fréquenté quelque temps l'école de Saint-Clair, elle aurait pu, le soir, comme les autres enfants, mener le bétail au pacage. Edmond et Louisa avaient essayé de lui confier cette tâche, mais chaque tentative s'était révélée déplorable : une fois, elle avait laissé les bœufs errer à travers la vigne et ils avaient brouté tout un rang au moment de la véraison. Une autre fois, tandis qu'elle était absorbée par sa lecture, les bêtes s'étaient échappées sur la route, barrant le passage aux calèches. Edmond avait fini par renoncer.

— Que voulez-vous ? C'est une demoiselle ! soupirait-il avec plus d'admiration que de regret.

Sa remarque n'était pas infondée. Lui et sa femme s'ébahissaient d'avoir donné le jour à cette perle.

— Vois-tu, madame Combezou, si je ne te savais pas une parfaite épouse, je penserais que tu l'as eue avec le comte de Noailles !

Cette plaisanterie coutumière faisait rougir Louisa. Il est vrai qu'en croisant Lison sans la connaître quiconque aurait pu la prendre pour la fille d'un châtelain.

Dispensée de ce gardiennage qu'elle jugeait fastidieux, la « demoiselle » n'avait pas insisté, n'aimant rien tant, aux beaux jours, que marcher sur les chemins, élégamment vêtue d'une robe blanche aux liserés de guipure, à la main gauche une ombrelle, quelque livre à la main droite. Un roman de Paul de Kock, de préférence, bien que l'écrivain fût déconseillé par les religieuses. Elle prenait plaisir à lire à voix haute, se créant ainsi un petit théâtre pour elle seule. Sa voix était agréable et sonore, bien articulée. En son jardin secret, elle se rêvait actrice, tout en sachant ce rêve inaccessible. Le métier d'institutrice, permettant d'enseigner aux enfants les belles pages de la littérature, lui avait paru plus réalisable.

Louisa, qui avait les idées larges, acceptait d'acheter, en cachette d'Edmond, ces ouvrages d'une moralité incertaine. Ce qui la désolait, c'est que sa fille s'écarte trop de la maison.

— Surtout, ne t'approche pas de la tuilerie. Tu sais bien qu'il s'y arrête des gens peu recommandables.

Lison n'en faisait qu'à sa tête et, comme par défi, n'hésitait jamais à pousser sa promenade jusqu'au niveau de ce lieu malfamé.

En revanche, elle se montrait plutôt moins désagréable avec Franz. Non qu'elle se laissât aller à la moindre familiarité : à ses yeux, c'était un domestique, rien de plus. Et qui, de surcroît, parlait le français avec un accent lamentable. Du moins épargnait-elle au jeune Alsacien ses réflexions sur l'incarnation du diable chez les personnes rousses, ou son déplaisant leitmotiv :

— Les roux, ça pue, surtout quand il pleut.

Lorsque ces piques lui revenaient à l'esprit, Franz se contentait d'en sourire. Tant de gens raillent aussi ceux qui louchent, ceux qui ont le nez de travers, la voix haut perchée, les jambes arquées, les trop gros, les trop maigres, ceux qui sont trop petits, ceux qui sont trop grands ou ceux qui ont une bosse sur le dos... Mieux vaut le prendre avec philosophie.

Au repas, elle consentait même à lui adresser quelques mots : pour demander du pain ou du sel. Sans plus. C'était toujours ça.

*

* *

Les soucis s'avérèrent d'un tout autre ordre à l'arrivée du printemps. Au lieu du jaillissement habituel de pousses tendres, ce feu d'artifice végétal que déclenchent les ceps, la plupart ne produisirent que des surgeons épars et rabougris. Lorsque la végétation se déploya, ce furent

des feuilles pâles, mesurant à peine la moitié de leur taille habituelle. Cette fois, Edmond fut forcé d'en convenir :

— Je ne sais pas ce que vous en pensez, Camille, tout ça ne me dit rien qui vaille. On a l'impression que la sève ne monte plus. C'est comme le puits en été, quand on pompe et qu'au fond il n'y a plus d'eau.

— Ah, patron, je voulais pas vous affoler, mais c'est pas d'aujourd'hui que je me fais du mauvais sang. Ma parole, elles sont en train de crever, ces pauvres vignes. Regardez-moi ces pousses, ça n'a plus de force ni de couleur. J'ai l'impression de voir ma cousine Hortense, de Damazan, la pauvre, celle qui est poitrinaire.

Oui, pas de doute, les vignes mouraient. Et si ce n'avait été qu'à Menjignon ! Tous ceux des environs constatèrent le même dépérissement. À La Gravère, à Buzet, à Xaintrailles, les vignerons exprimaient leur inquiétude, supputaient, espérant en vain quelque écho favorable.

Jusqu'au jour où surgit un mot inconnu. Un terme barbare qui paraissait porteur de toutes les malédictions de la terre : phylloxéra.

Un insecte venu d'Amérique dont la larve souterraine vampirisait les racines. Phylloxéra. Quatre syllabes qui se propagèrent avec la brutalité d'un coup de canon. Les journaux du département firent la une de ce cataclysme qui avait déjà dévasté le Midi. Malgré les efforts déployés par les Provençaux, plus un seul cep vivant ne subsistait à Châteauneuf-du-Pape. Toute la vallée du Rhône était brûlée comme par un incendie.

Déjà couraient les rumeurs les plus folles :

— C'est un coup des Boches ! Ils ont empoisonné le sol ! Ils veulent nous affamer ! Après, ils ne feront plus qu'une bouchée de notre pays !

Chez les Combezou, ce fut la consternation. Leurs vignes allaient mourir alors que venait d'être construit ce chai tout neuf. Une inexorable fatalité s'acharnait sur la famille : après le moulin, le vignoble.

Franz tenta de les rassurer :

— Non, ce n'est pas possible. Le Midi a été ravagé parce qu'ils ont été pris de court. Tandis que là, on est prévenus. Des moyens de lutte ont dû être trouvés. Puisque ce sont des larves qui sucent la sève des racines, on doit pouvoir les empoisonner. Grâce au soufre et à la bouillie bordelaise, vous êtes venus à bout du mildiou, de l'oïdium, il n'y a pas de raison qu'on ne puisse pas détruire cette saleté. Père Combezou, nous n'avons pas de temps à perdre : il faut aller au comice de Nérac acheter un produit contre ce fléau.

*
* *

Le lendemain matin, Edmond fit atteler la calèche par Camille et partit avec Franz.

Le comice, il connaissait bien. C'était un organisme coopératif qui procurait aux paysans, à des prix raisonnables, les produits de traitement, les semences et le matériel dont ils avaient besoin. Les locaux se situaient à côté de la majestueuse église Saint-Nicolas. Des personnes expérimentées

y assuraient une permanence et prodiguaient des conseils. Ce jour-là, celui qui les reçut était un aristocrate réputé, dévoué corps et âme à la cause de l'agriculture, le baron Prosper de Lafitte-Joannenque. Il s'était illustré par ses combats en faveur de la vigne depuis qu'elle avait été la cible de multiples attaques. Très investi dans le comice, il avait créé une société de secours mutuel destinée à aider les agriculteurs malades ou victimes d'un accident.

Quoique chauve, c'était un homme de belle allure, corpulent, de haute taille. Il portait avec élégance une redingote, entrouverte sur une lavallière. Son visage arborait une imposante barbe tirant sur le roux, ce qui mit Franz en confiance. Mais ses propos ne furent pas rassurants :

— Le phylloxéra est une véritable calamité. Après avoir ravagé le midi de la France, le voilà maintenant chez nous. Depuis dix ans qu'il est apparu dans le Gard, nos savants ont mis au point divers procédés destinés à enrayer sa propagation. Cependant, je ne veux pas vous leurrer, ces méthodes requièrent force main-d'œuvre, et le résultat n'est pas garanti.

Voyant la mine dépitée de ses visiteurs, il tempéra son propos :

— Enfin, vous savez ce que disent les militaires ? Les seuls combats perdus d'avance sont ceux que l'on ne mène pas. Tenez, emportez avec vous ce livret qui contient la liste et le mode d'emploi des remèdes possibles : arrosage de purin, enfouissement de cendres brûlantes… Vous n'aurez qu'à lire.

*

* *

Sitôt rentré, Edmond convoqua deux journaliers de La Gravère. Avec Camille, tous les quatre se mirent à l'ouvrage selon les indications fournies par le document. Jusqu'en juillet, ils arrosèrent de purin chaque pied de vigne. Un trou percé au moyen d'une tarière dirigeait le liquide vers les racines. Sa fonction était essentiellement répulsive. On passa ensuite à l'empoisonnement : décoctions de belladone et de datura répandues avec les pompes à sulfater. C'était un travail à n'en plus finir. Les journées, de la pointe de l'aube jusqu'à la nuit tombée, n'étaient jamais assez longues.

Aussi le retour des Gitans au début de l'été fut-il particulièrement bienvenu. Pour Franz, la joie fut double : outre la satisfaction de voir arriver cette aide providentielle, son bonheur de retrouver Django restait intact. La petite troupe n'était plus aussi nombreuse : Lazlo n'était pas redescendu. Il s'était amouraché d'une jeune Rom des environs de Belfort et l'avait épousée selon les rites de la tribu. Zordan lui avait tendu une cruche d'argile.

— Lance-la par terre aux pieds de Djali, que tu as choisie pour femme.

Lazlo avait lancé la cruche.

— Cassée en six morceaux ! Je vous déclare mariés pour six ans !

Cette cérémonie folklorique, conforme aux traditions tziganes, avait été confirmée par un mariage religieux : dans la petite église de Magny, en haute Alsace, un prêtre les avait unis pour la vie.

« C'était donc pour cela, pensa Franz, que Lazlo était si pressé de repartir après les vendanges ! »

Pauvres vendanges ! Alors qu'il se récoltait à Menjignon jusqu'à deux cents barriques de vin, on n'avait même pas atteint le chiffre de cinquante et tout laissait à penser qu'il descendrait encore plus bas l'année d'après. La belle Lison pouvait faire la demoiselle ! À ce rythme, ses parents risquaient fort de ne pas être en mesure de lui payer les études qu'elle souhaitait entreprendre. Dans un avenir proche, il lui faudrait sûrement ravaler sa superbe.

Lison... Dieu sait pourtant qu'elle était jolie malgré ses airs dédaigneux ! Sans rancune, Franz observait de loin cette princesse à la nuque mousseuse qui ne jetait même pas un regard sur lui. Et quand elle daignait lui en accorder un, c'était d'une froideur à vous glacer le dos. Rien ne semblait la décider à combler la distance qu'elle établissait entre elle et les autres. Durant tout l'été, elle eut beau voir ses parents sans cesse à l'ouvrage, ses promenades quotidiennes n'en continuèrent pas moins, l'ombrelle à la main gauche, son livre à la main droite.

— Prends garde au moins de ne pas t'aventurer du côté de la tuilerie ! lui criait Louisa lorsqu'elle la voyait s'éloigner sur la route.

Cause toujours. Les recommandations glissaient sur elle comme la rosée sur des pétales.

*

* *

L'hiver venu, la taille ne dura guère. Avec des sarments pas plus gros qu'un crayon, on ne risquait pas d'attraper des ampoules en forçant sur les sécateurs. Le temps ainsi libéré fut mis à profit, dès la deuxième quinzaine de décembre, pour répandre des cendres brûlantes autour des ceps. Les quatre pauvres galériens durent pourtant s'interrompre durant plusieurs jours en janvier. Le froid, qui avait tardé à venir, s'installa de façon brutale. Un froid sec et sans neige. La fontaine où s'abreuvait le bétail fut prise par la glace et il fallut remplir des barriques au ruisseau. Au bout de trois semaines, la température remonta du jour au lendemain, sans transition. Ils attendirent que la terre dégèle et se ramollisse avant de reprendre le traitement.

Franz, qui allait sur ses quinze ans, était devenu presque un jeune homme. Il avait grandi, ses membres s'étaient musclés. Quoiqu'il n'eût rien d'un colosse, on devinait la robustesse sous ses habits. Et puis il avait gardé ce regard vif, toujours posé avec intérêt sur chaque chose, toujours inventif, toujours prêt à imaginer une solution à chaque problème.

Mais là... là... contre ce maudit phylloxéra, il butait. Sans oser l'avouer à Edmond, il se rendait bien compte qu'aucun remède n'opérait. La vallée des Joncières n'était pas celle des miracles. Une fois encore, il ne put s'empêcher de penser à la vallée de Josaphat. Dire qu'il avait pu croire un instant qu'il s'agissait du même lieu ! Non, décidément, quels qu'aient été ses charmes, ses sources pareilles à

celle de Siloé, la vallée des Joncières n'était pas celle de la résurrection.

Ainsi que tous l'avaient redouté et malgré les multiples tentatives de traitement, la récolte de 1875 se révéla calamiteuse.

Du moins Franz eut-il la satisfaction de voir la scierie du Rusthe fonctionner à plein. Là-bas, c'était un continuel va-et-vient de charrettes qui arrivaient de la forêt, déposaient leur chargement de grumes, tandis que d'autres, remplies de poutres et de madriers, prenaient la route de La Gravère où des gabarres les attendaient. Souvent Franz se rendait lui-même jusqu'au quai d'embarquement, rencontrait le minotier, s'informait des cours.

— La demande se maintient toujours, monsieur Schneiter ?

— Non zeulement elle ze maintient, mais elle ne zesse de croître !

— Et les prix ?

— Plutôt en hausse. On peut parler t'une bonne affaire… et surtout t'une exzellente idée que tu as eue là, Franz ! La meunerie était une obération satisfaisante, mais la szierie et le commerce du bois, par les temps qui courent, z'est encore mieux. Bientôt, je vais pouvoir faire construire le kiosque promis à mes musiziens.

Puis son visage et sa voix se firent plus graves :

— Et à la ferme, ze phylloxéra ? Toujours pas de zolution en vue ?

— Hélas, on a tout tenté : le purin, les cendres brûlantes, les décoctions de datura et de belladone, rien n'y fait. Les ceps meurent, par dizaines.

— Avez-vous essayé le zulfure te carbone ?

— Le sulfure de... ?

— Oui, le zulfure te carbone. Le journal en parlait tout rézemment. C'est un prozédé nouveau. On injecte zous la terre ce gaz toxzique à l'aide de grosses seringues métalliques, qui ressemblent aux anciens clystères. Zette méthode a été exbérimentée dans le Bordelais et semble obtenir quelques résultats.

Franz n'était pas du genre à laisser traîner les choses. Sitôt de retour à Menjignon, il en parla à Combezou :

— C'est notre dernier espoir. Au comice, ils ont forcément ce produit et le matériel adéquat. Il faut y aller au plus vite.

— Pourquoi pas ? consentit le pauvre Edmond, qui ne savait plus à quel saint se vouer. Mais je ne peux pas m'absenter. La récolte de pêches est là, et c'est un fruit qui n'attend guère. Tu comprends, il ne s'agit pas de perdre cette récolte, vu que les vendanges, cette année encore, je vois bien qu'il faudra y mettre une croix dessus.

— Si vous me faites confiance, monsieur Edmond, j'irai seul. Je pourrais effectuer le trajet à pied, mais j'aurais besoin de la calèche pour transporter cette pompe. Il faudrait aussi que vous me laissiez votre portefeuille…

— Tu sais que j'ai toute confiance en toi. Tâche seulement de ne pas te le faire voler : des gens malhonnêtes, ça ne manque pas, surtout en ville !

*
* *

Le lendemain, à peine le jour levé, Franz attela lui-même la voiture. Lison était déjà levée. Il la regarda se diriger vers le potager, un panier sous le bras. Elle allait cueillir les dernières fraises, des cassis, des groseilles barbues, les premières mûres de la haie. Sa présence, en ce lieu et à cette heure, était tellement insolite qu'on aurait dit une apparition. Franz admirait sa gracieuse silhouette, frêle, élégante. Elle se penchait, se relevait, humait l'air frais du matin, paraissait savourer le silence de la nature encore endormie.

Franz aurait voulu la saluer, mais il craignait de rompre le charme. Après l'avoir contemplée un long moment, il se décida :

— Bonjour Lison !

Elle sursauta comme s'il l'avait réveillée.

— Ah ! Bonjour Franz ! Où vas-tu de si bonne heure ?

Elle l'avait tutoyé. C'était bien la première fois. Il s'enhardit :

— Je vais à Nérac, acheter du matériel pour la vigne. Veux-tu venir avec moi ? Pendant que je serai au comice, tu pourras faire les boutiques.

Elle ne répondit pas d'abord, le fixa quelques instants, sans qu'il puisse discerner si son regard exprimait de la gentillesse ou de la moquerie.

— Non, merci, dit-elle enfin. Je préfère rester à la maison.

Crut-il percevoir un brin de mépris dans sa réponse ? Il ne put s'empêcher de lancer avec amertume :

— C'est parce que je suis rouquin, c'est ça ? Mais, rassurez-vous, il ne pleut pas, et les roux ça pue seulement quand il pleut.

Elle posa son panier et s'avança vers lui.

— Franz, je suis désolée. Tu ne vas pas me tenir rigueur éternellement d'une sottise proférée quand j'étais gamine ? On est si bête à cet âge-là. Je te prie de m'excuser. Vois-tu, je n'ai pas envie de venir à Nérac parce que je suis bien ici. Toute l'année je suis en ville, enfermée. Autrefois, la campagne me pesait. Maintenant, je m'aperçois que j'ai du mal à vivre si je ne sens pas la terre à mes souliers. En cela aussi, j'ai changé ! Autrefois, c'était une corvée pour moi d'aller garder le bétail dans les prairies. À présent, j'aime l'air pur, la campagne. À l'aube surtout. J'aime tellement cette pureté du ciel, ces parfums que rien encore ne vient altérer. J'aime savourer les fruits encore imprégnés de la fraîcheur de la nuit. As-tu déjà goûté un fruit cueilli à l'aube ?

Il secoua vaguement la tête. Non, il n'y avait guère prêté attention jusqu'ici, mais il se jura qu'à la première occasion… C'est vrai qu'elle était beaucoup moins pimbêche qu'il l'avait cru.

Mais enfin, elle ne voulait pas l'accompagner.

— Bon, tant pis pour toi, lança-t-il en grimpant sur le siège.

Passablement dépité, il ne put s'empêcher de grommeler :

— Oui, bon, c'est bien joli de se lever le matin pour cueillir des fraises. Avec mes parents, les myrtilles, on y allait le dimanche, ça ne nous empêchait pas de faire le travail.

Et le travail ce n'est pas ce qui manquait. Les hommes ramassaient les pêches, les femmes les emballaient dans les corbeilles. Tout devait être prêt pour porter le chargement, le soir, à la gare d'Aiguillon.

— Pendant ce temps, au lieu de donner un coup de main, mademoiselle se pavane et savoure les fraises ! marmonna-t-il entre ses dents.

Il cria le plus fort possible :

— Allez, hue cocotte !

Le fouet claqua comme celui d'un dompteur. En tournant vers Xaintrailles, au bout de l'allée, il regarda une dernière fois la jolie silhouette. Des pensées amères l'assaillirent :

— De toute façon, dans la vie, personne ne nous aimera jamais autant que nos parents. Personne ne me donnera jamais la tendresse que j'ai reçue de ma mère. Depuis qu'elle est morte, papa Ulrich a été à la fois mon père et ma mère. Mais il y a fort à penser qu'il a quitté ce monde lui aussi.

Chemin faisant, son dépit s'apaisa et finit par s'estomper. L'émouvante prière des Gitans lui revint à l'esprit. Il se mit à la murmurer :

— Sainte Sara, quiconque pense du mal de nous, change son cœur pour qu'il en pense du bien.

XVI

À Nérac, c'était jour de foire et les rues étaient encombrées de paysans venus vendre leurs produits. Partout s'alignaient des étals de légumes avec des artichauts, des choux, des aubergines, des haricots, des tomates… Tableaux pittoresques aux couleurs bigarrées. Des étals de fruits tout aussi colorés leur faisaient pendant : des pêches, des abricots, des prunes, quelques cerises tardives, des brugnons… Ou bien c'étaient des volailles caquetantes, des poules, des canards, qui partageaient leur cage avec des lapins, tout un petit univers rassemblé devant la mairie et l'ancien château des Albret.

Franz eut du mal à approcher la calèche du comice. L'attelage n'avançait qu'avec peine au milieu de la foule. Il put enfin arrêter le cheval près de l'église et l'attacher à l'entrée de la sacristie.

Un riche paysan de Mongaillard, Ismaël Dubascou, spécialisé dans la culture des céréales, assurait la permanence. Il ne possédait guère de vignes, sauf quelques centaines de pieds pour assurer sa consommation familiale. Mais il était parfaitement au courant du phylloxéra, tant il avait

vu défiler des vignerons désemparés, à l'affût du moindre espoir.

Franz expliqua qu'il souhaitait se procurer une pompe à sulfure de carbone. L'homme fut d'abord surpris par la jeunesse de son interlocuteur, et plus encore par son accent. Par chance, il ne posa aucune question, ce qui dispensa le visiteur de s'expliquer une fois de plus.

— Cette pompe, c'est pour le phylloxéra, n'est-ce pas ? Le comice dispose en effet de ce matériel, mais tu arrives à point car, depuis un mois que le fournisseur nous l'a expédié, il ne nous reste que deux pompes Excelsior et trois bidons de produit. Nous sommes littéralement dévalisés. Si j'en crois la presse, les résultats sont encourageants. Tu n'ignores sans doute pas que le traitement doit être pratiqué en hiver. C'est à cette saison-là que les œufs de l'insecte éclosent en larves. Elles seules sont responsables du dépérissement des ceps, et non l'insecte lui-même.

Oui, Franz savait cela et il se maudit en se souvenant que ni lui ni Edmond ne l'avaient su tout de suite. Avec amertume, il songea au labeur de forçat effectué en pure perte : purin, cendres chaudes, décoctions empoisonnées... Tant d'heures épuisantes !

— De combien d'hectares disposent tes parents ?

Puisque l'homme avait su se montrer discret, Franz estima inutile d'expliquer.

— Douze, monsieur.

— Douze hectares de vignes. Je ne veux pas te pousser à la consommation, néanmoins, avec une seule pompe, vous ne viendrez jamais à bout du

traitement. Il t'en faut deux. Et encore, avec une étendue comme la vôtre, c'est plutôt la brouette à vapeur qui conviendrait, mais son prix est beaucoup plus élevé.

Ne voulant pas décourager ce jeune garçon si plein de bonne volonté, il s'efforça de le rassurer :

— Hors saison, ce qui est le cas, le comice peut vous faire bénéficier de tarifs avantageux.

Franz se trouva fort embarrassé. Il lui était difficile de prendre une décision pareille. De toute façon, puisque le traitement ne s'effectuait qu'en hiver, rien ne pressait.

— Mieux vaut que je rentre sans rien acheter pour le moment. J'en parlerai d'abord à M. Edmond. D'ici un mois, la cueillette des pêches sera finie, celle des poires également, et je pourrai refaire un saut à Nérac avec lui.

Il salua et regagna la calèche.

*

* *

Pour quitter la ville, ce fut encore une autre affaire. Si les rues étaient encombrées en début de matinée, la situation avait empiré à cette heure où le marché battait son plein. Impossible de manœuvrer. Franz dut faire reculer le cheval en évitant les étals disposés jusque sur la chaussée. Il emprunta ensuite une ruelle étroite où les roues de la calèche passaient tout juste entre les maisons. Arrivé enfin sur la voie principale, il fut obligé d'effectuer un large crochet et s'engagea sur la route de Mezin avant de reprendre la direction de Lavardac.

La voie était pentue, le cheval avançait lentement. Franz descendit pour le guider par la bride. Il aperçut alors sur sa droite un vaste bâtiment de construction récente et de très riche facture. Fort originale même, avec son alternance de pierres blanches et de briques roses. Au-dessus du portail, qui ouvrait sur un parc, il lut : *Brasserie Laubenheimer.*

Ce patronyme si peu gascon l'interpella. Le terme « brasserie » également. En Albret, les négociants en vin ne manquaient pas, ni les distilleries, mais des fabricants de bière, c'était la première fois qu'il en rencontrait depuis son arrivée dans le Sud-Ouest.

— À coup sûr, se dit-il, ces Laubenheimer ont quitté l'Alsace à cause de la guerre.

Il noua les rênes du cheval à la grille d'entrée, puis s'enhardit jusqu'à pénétrer à l'intérieur. Un gardien en uniforme était assis derrière le pilier du portail, à l'ombre d'une tonnelle. Quoique réservé, Franz n'était pas timide. Déjà chez Schneiter, il s'était introduit dans les ateliers sans que personne l'y invite.

— Vous désirez, jeune homme ?

— Je voudrais voir M. Laubenheimer.

En principe, le gardien ne laissait pas entrer le premier venu, mais l'accent du garçon (« Ché foudrais foir… »), la couleur de sa chevelure lui laissèrent peu de doutes sur ses origines. Depuis la guerre, beaucoup d'Alsaciens exilés avaient frappé à la porte de Jean Laubenheimer qui n'avait jamais refusé de les recevoir.

— Viens, petit, je vais te conduire. Patron, une visite pour vous !

*

* *

À en juger par l'ampleur des bureaux, les quatre secrétaires ou comptables qui s'affairaient, Laubenheimer était un homme important. Il rajusta ses lorgnons, glissa d'un geste mécanique sa main droite sur ses favoris et, sans se lever de son siège, fit signe d'entrer.

Fort impressionné, Franz esquissa un hochement de tête.

— Bonjour jeune homme. Que désires-tu ?

Franz fut étonné de ne pas lui entendre l'accent des provinces perdues.

— Rien, monzieur, fit-il en rougissant. Ché foulais seulement…

— Oh, toi, tu es alsacien, pas la peine de me le dire. Moi aussi, tu sais, je suis originaire des bords du Rhin. Mais de l'autre côté ! Eh oui, mon aïeul Johannès est né près de Mayence. À l'époque, c'était une province française. Après avoir quitté l'Allemagne, un balluchon sur le dos, il est arrivé en 1828 à Nérac où il a décidé de fonder une brasserie. À juste titre, il estimait qu'une entreprise de ce type ne craindrait pas la concurrence. Depuis, mon père et moi avons fréquenté l'école de cette ville et nous avons presque complètement perdu l'accent de nos aïeux.

— En 1828 ? Vous n'êtes donc pas venus après la défaite ?

— Eh bien non. Figure-toi que les guerres du premier Empire avaient passablement chamboulé ces régions de la Rhénanie. Johannès, qui était fils de tonnelier, et tonnelier lui-même, est parti pour fuir la misère. Comme il était protestant, il a émigré vers des villes françaises à forte tradition huguenote : Montauban d'abord, puis Nérac. Il a remarqué qu'en Albret la qualité de l'eau était particulièrement propice à la fabrication de la bière. Il s'y maria et fonda une brasserie. L'affaire est longtemps restée artisanale : pas évident de faire adopter ce breuvage aux Gascons. Mais depuis, l'industrie s'est développée, et aussi les mines, la sidérurgie : les ouvriers, eux, en boivent plus volontiers. Ce sont des métiers qui assoiffent. En outre, grâce au chemin de fer et au canal latéral à la Garonne, notre marchandise peut désormais s'acheminer sans difficulté vers Bordeaux ou Toulouse. Dans les grandes villes, la consommation de « cervoise », comme l'appelaient nos ancêtres gaulois, est plus répandue.

Tout intéressait Franz. Cette activité, tellement liée à sa terre natale, ne pouvait le laisser indifférent. Il écouta avec beaucoup d'attention les propos du brasseur, réfléchit et répliqua :

— Enfin, la bière d'Alsace est réputée et, vous le dites vous-même, ce ne sont pas les brasseries qui manquent, là-bas. Jusqu'à maintenant, elles ont suffi à satisfaire les besoins de la France entière.

— Certes, mais comme je te l'ai expliqué, cette consommation ne cesse de s'accroître depuis le développement de l'industrie. Or l'activité brassière a connu un net ralentissement en Alsace depuis la

guerre. Beaucoup de brasseurs se sont exilés. Il en reste encore, bien sûr, mais tu connais le ressentiment des Français : pour eux, l'Alsace sous le joug allemand, c'est déjà la Prusse. Eh bien, entre une bière française, comme la mienne, et une bière « prussienne », leur choix est vite fait. Mes bouteilles portent la mention « Bière Laubenheimer », et juste en dessous « Fabriquée à Nérac, Lot-et-Garonne ». Je pense que cette précision a largement contribué à leur succès.

Franz pensa au cruel proverbe : « Le malheur des uns fait le bonheur des autres. » Il n'osa pas le dire tout haut de peur de blesser son hôte.

— Et toi, mon garçon, reprit le brasseur, quelle est ton histoire ? Tu es venu dans le Sud-Ouest avec tes parents ? As-tu besoin de quelque aide ? Entre compatriotes, soyons solidaires, n'est-ce pas ? Surtout après les épreuves qui ont endeuillé notre chère Alsace.

— Non, monsieur, je n'ai besoin de rien, je vous remercie. Simplement, je faisais un détour par ici et…

Contrairement à ce qui s'était passé un peu plus tôt avec le délégué du comice, Franz ne put éviter d'expliquer les circonstances de sa venue en Lot-et-Garonne et la raison de sa présence à Nérac.

Le visage de M. Laubenheimer, jusque-là souriant, se fit grave.

— Ah, le phylloxéra ! Quelle catastrophe pour les vignerons ! J'ai presque honte de penser qu'avec la pénurie de vin beaucoup de consommateurs vont se tourner vers la bière. En trois ans, la moitié des vignes de ce département sont mortes. Le vignoble

bordelais ne se porte pas mieux. Qui plus est, je demeure extrêmement sceptique sur l'efficacité des machines et des produits que des industriels peu scrupuleux vendent aux paysans. Ils leur font miroiter une guérison à laquelle, pour ma part, je ne crois guère.

À peine finissait-il sa phrase qu'il aperçut le visage catastrophé de Franz, ses yeux au bord des larmes. Il tenta de se rattraper :

— Enfin, ce que j'en dis… Je ne suis pas un spécialiste de la viticulture et de tout cœur je souhaite me tromper. J'imagine, hélas, que nos belles vignes d'Alsace subissent le même sort. Écoute, jeune homme… euh… tu ne m'as pas dit ton nom…

— Je m'appelle Franz, monsieur. Franz Meister.

— Écoute, Franz, si je peux t'aider de quelque manière, tu sais où me trouver. Tiens, par exemple, ma brasserie manque de houblon. Tu as déjà vu ça, des champs de houblon, en Alsace ?

— Naturellement, monsieur Laubenheimer.

— Eh bien, partout où les vignes meurent, je suis en mesure de proposer des contrats aux paysans pour y implanter des houblonnières. Dans un rayon de vingt kilomètres autour de Nérac en tout cas. C'est une culture qui ne souffre pas de la mévente, et ses cours sont en augmentation. Son rapport est supérieur à celui du blé ou du maïs. Qui plus est, le houblon n'est menacé, pour l'heure, d'aucune maladie. Crois-moi, cela vaut la peine que tu y réfléchisses !

XVII

Éric Laubenheimer était de ces hommes tellement actifs qu'ils peuvent manquer l'heure du repas sans même y songer. Pas le moindre creux à l'estomac dès lors qu'il s'agit de traiter une affaire. En sortant, Franz lut sur l'horloge publique qu'il était près de 2 heures. De toute façon, une intense fringale lui signalait que midi était largement dépassé. En outre, avec la chaleur, il avait aussi très soif. Edmond Combezou ne verrait sans doute aucun inconvénient à ce que son petit « collaborateur » (comme il aimait à l'appeler) s'accorde une halte dans une auberge avant de repartir. Franz choisit parmi les plus modestes : *Chez Carnéjac.*

Le patron de la gargote se montra méfiant. Ce rouquin d'une quinzaine d'années, seul, s'exprimant avec un drôle d'accent, qui demandait un repas, cela lui parut louche.

— Tu as de quoi payer, au moins ?

Fièrement, et aussi un peu vexé, Franz sortit le portefeuille, l'ouvrit, en tira dix fois plus qu'il n'en fallait pour régler le menu d'un roulier ou d'un débardeur. L'idée que ce portefeuille pouvait avoir été volé traversa un instant l'esprit du gargotier.

Mais la candeur de Franz fit disparaître aussitôt ce soupçon.

— Oh, pardon, jeune homme, je vais vous servir. Aujourd'hui, nous avons de la daube, est-ce que cela vous convient ?

Et comment ! D'ailleurs, quand l'estomac frôle les talons, tout vous convient.

Franz apaisa sa fringale. Pas les doutes qu'avaient éveillés en lui les propos de Laubenheimer. Ce sulfure de carbone allait-il être inefficace ? Avec lui s'envolerait l'ultime espoir de sauver les vignes. Que deviendraient alors les Combezou ? Il se souvenait des propos d'Edmond, fier d'avoir placé dans son chai ultramoderne le gros de ses économies. Sans doute lui restait-il encore quelques bas de laine, mais enfin ces réserves n'auraient qu'un temps. Il avait bien vu comment Isnel s'était trouvé ruiné en deux ans faute de pratique.

Qu'adviendrait-il de Lison, habituée à la vie facile et qui s'imaginait que cela durerait éternellement ? Pour être institutrice, comme elle le souhaitait, elle devrait continuer ses études dans une ville importante. « À l'école normale », c'est le mot qu'elle avait prononcé à plusieurs reprises. Pourquoi « normale » ? Franz se demandait quelle raison la faisait nommer ainsi. Les autres écoles étaient-elles « anormales » ?

Bien sûr, il y avait cette possibilité de houblonnière, susceptible de leur sauver la mise. Mais, à la cinquantaine passée, Edmond accepterait-il d'expérimenter cette nouvelle culture, rarissime dans la région et totalement inconnue de ce côté-ci de la Baïse ?

« Quoi qu'il en soit, je ne la lui proposerai qu'en dernier ressort. Rien ne dit que la pompe à carbure ne se révélera pas efficace en administrant le produit à la bonne période. Après tout, Laubenheimer n'est pas vigneron. »

*

*   *

Le retour fut maussade. Franz fit le bilan de ces dernières années. Certes, il y avait eu l'extraordinaire réussite de la scierie, dont il touchait une part des bénéfices. Il les plaçait sagement à la banque Guillot, un établissement sûr, propriété d'une honorable famille agenaise. Mais, en dehors de cela, le sort ne l'avait guère épargné. D'abord en le faisant naître roux, même si, en raison de ses autres qualités, il n'avait pas eu trop à souffrir des moqueries. Néanmoins il savait qu'on le regardait, que fusaient parfois des réflexions ironiques. Même s'il préférait l'oublier, il y avait eu cette bagarre à l'école de Saint-Clair. Lison n'était pas seule à lancer des piques malveillantes.

Lison… Franz était convaincu qu'avec des cheveux d'une autre couleur elle l'eût regardé différemment. Sous quelle mauvaise étoile était-il né ?

Autre cruauté du sort, sa mère était morte. Perdre sa maman est toujours une chose terrible, mais quand on a dix ans… Que de larmes versées, la nuit, la tête enfoncée dans son oreiller ! Ensuite, son père, probablement mort lui aussi. Tué pour avoir voulu le sauver.

« Je vais les attirer vers les sapins. Fonce droit devant toi ! »

Comme ces mots résonnaient encore !

Le sort s'était montré plus favorable avec la rencontre des Bohémiens. Ces braves gens, aux mœurs pour le moins originales, l'avaient recueilli avec bienveillance, hébergé durant plusieurs mois et conduit jusqu'à la vallée des Joncières.

Celle-ci avait tenu ses promesses. Oui, elle était belle, cette vallée, aussi étonnante que le promettait Django. Mais la fatalité qui pesait sur le pays l'avait frappée à son tour : la mort de Pierre, la faillite du moulin, et maintenant le phylloxéra, en passe d'anéantir le vignoble d'Edmond. Tous les autres vignobles aussi, d'ailleurs. Même s'il ne se réjouissait pas du malheur des autres, Laubenheimer pouvait se frotter les mains.

À la sortie de Lavardac, Franz pouvait prendre l'itinéraire le plus court, celui qui passe par Xaintrailles et descend directement vers la vallée. Mais pourquoi se presser ? Pour annoncer de mauvaises nouvelles ? Pour dire qu'il ne rapportait pas la pompe Excelsior ? Qu'il faudrait revenir plus tard acheter un engin beaucoup plus coûteux et dont nul ne pouvait garantir l'efficacité ?

Il choisit la route la plus longue, celle qui traverse Vianne, Calezun, La Gravère, aborde la vallée en sens inverse et passe devant les ruines de la tuilerie.

*

* *

Après ses rencontres peu encourageantes, il voulut au moins terminer sa journée sur une note positive.

« Je vais m'arrêter chez Schneiter, ça me remontera le moral. »

Trois charrettes venaient de déposer sur le quai leur chargement de madriers et de chevrons. Une commande qui devait partir vers Toulouse où se construisait tout un quartier neuf pour des ouvriers. Là encore, on pouvait se dire que l'entreprise devait sa prospérité au malheur des autres : celui des paysans qui abandonnaient les campagnes ou les versants pyrénéens avec l'espoir d'un sort meilleur à la ville.

Franz huma l'odeur âcre et capiteuse du pin fraîchement scié. Quatre ouvriers s'affairaient, empoignant les lourds bastings qu'ils disposaient au fond de la péniche. C'était tout un manège de va-et-vient empressés. L'embarcation tanguait sous le pas lourd des hommes et s'enfonçait peu à peu jusqu'à la ligne de flottaison.

« Dire que je ne m'étais jamais accordé un moment pour voir ça, songea-t-il. C'est pourtant l'aboutissement du travail qui s'accomplit à la scierie. »

Une fois le chargement terminé, le batelier signa un reçu que lui tendit Schneiter. Après quoi, il détacha les mules dont les rênes étaient enroulées à une bite d'amarrage.

— Allez, hue les cocottes ! Hue ! Tirez, tirez !

Attelées en enfilade sur le chemin de halage, les puissantes bêtes tendirent les muscles de toutes leurs forces. Le fouet claquait.

— Allez hue ! Hue donc !

Lentement, très lentement, le lourd convoi s'ébranla, frôlant les herbes du rivage.

Franz le regarda s'éloigner. Sur son sillage, des rides creusaient le plan lisse de l'eau. La péniche devint de plus en plus petite et finit par disparaître. Sans qu'il sache pourquoi, ce départ réveilla sa mélancolie. L'idée que cela pouvait être un mauvais présage l'effleura. Il existe des gens qui ne peuvent voir partir un bateau ou un train sans qu'une onde de tristesse les envahisse.

Enfin, il fallait se résoudre à rentrer maintenant. Ramener la calèche à M. Edmond. Le résultat de sa journée ? Il resterait évasif. Après tout, il pouvait alléguer que le comice était en rupture de stock. La véritable explication viendrait plus tard. Inutile de gâcher la soirée de cette famille, fatiguée par sa longue journée de labeur. La calèche abordait la vallée. Mieux valait se composer une mine avenante.

L'amas de ronces et de broussailles de l'ancienne tuilerie, ses toits à demi effondrés étaient en vue. De nouveau, il sentit son cœur se serrer. Si l'on ne parvenait pas à vaincre le phylloxéra, la prospère ferme de Menjignon deviendrait-elle, en peu d'années, un tas de ruines pareilles à celles-ci ?

*

* *

Ces réflexions le tourmentaient lorsqu'il perçut des cris provenant du roncier. Des cris aigus. Sans

doute des renards qui avaient pris des volailles et les égorgeaient.

« Sale engeance ! Pourvu au moins que ce ne soient pas les poules de Louisa ! Pauvres gens, il ne leur manquerait plus que cette déveine... »

Mais, au fur et à mesure que la calèche s'approchait, les cris devenaient plus stridents, plus intenses. Ce n'étaient pas des cris de bête. Des hurlements humains. Une voix de femme.

Franz bondit de son siège, saisit le fouet, courut vers la ruine, se faufila par un passage où les broussailles avaient été écrasées.

Ce qu'il découvrit lui glaça le sang.

Lison était par terre, dévêtue, violentée par deux vagabonds hirsutes et crasseux. Elle se débattait, griffait, mordait. L'un s'efforçait de la maintenir plaquée au sol. L'autre avait déjà baissé son pantalon. La pauvre hurlait, trépignait.

D'abord figé de stupeur, Franz s'élança.

— Bande de salopards !

Stupéfaits, les scélérats lâchèrent prise. Lison se releva prestement, jeta un coup d'œil rapide pour repérer ses habits, tenta de s'éloigner. Les ronces lui barraient le passage, écorchaient sa peau et ses pieds nus. Franz continua d'avancer. De toute évidence, les agresseurs étaient plus forts que lui, mais un homme à la culotte baissée n'est pas à son avantage. Il brandit le fouet et l'abattit avec violence sur les fesses du brigand. Celui-ci rugit de douleur et, déséquilibré, s'affaissa lourdement sur un buisson d'églantiers. L'autre fonça, saisit l'extrémité des lanières. Alors Franz l'attira à lui d'un geste brusque et lui décocha un furieux coup

de pied dans le bas-ventre. La rage décuplait ses forces. Il avait l'agilité pour lui. L'homme lâcha le fouet, et là Franz le frappa sauvagement au visage. Le sang gicla du nez et des lèvres. Pendant ce temps, l'autre s'était relevé et s'apprêtait à lui sauter dessus. C'est alors que Lison, avisant un tas de tuiles, en saisit une et l'abattit de toutes ses forces. Elle manqua la tête, mais le bord contondant toucha l'oreille au point de la décoller en partie. L'homme y porta sa main, poussa un hurlement de fou. Cette fois, Franz les tenait à distance avec ses redoutables tentacules de cuir.

— Foutez le camp, bande de monstres ! Foutez le camp, sinon je vous arrache la tête !

On aurait dit que des flammes sortaient de ses yeux. Sa tignasse rousse, ébouriffée par la bagarre, lui donnait un air effrayant. Les agresseurs reculaient, l'un soutenant son oreille, l'autre les deux mains sur ses organes mis à mal.

— Plus vite que ça ! Disparaissez, misérables !

Les bandits titubaient en reculant, trébuchant aux ronces, se retenant de justesse. Puis ils finirent par se retourner, coururent jusqu'à la route et s'enfuirent vers La Gravère.

Franz et Lison restèrent face à face. Lui, gêné, tentait de détourner son regard de cette nudité, cherchant des yeux les habits.

Alors il se produisit une chose incroyable. Elle prit Franz dans ses bras, le serra contre sa poitrine et éclata en incommensurables sanglots. Son corps griffé, maculé de sang, secoué comme par un tremblement tellurique, se collait à lui.

Il tenait ses mains écartées, n'osant la toucher, essayant de l'apaiser par des paroles.

— Lison... Lison... Calmez-vous ! C'est fini, maintenant ! C'est fini...

Mais elle continuait à pleurer, la gorge emplie de hoquets, sans pouvoir prononcer un mot.

— Remettez-vous, Lison. Je vais chercher vos vêtements !

La honte l'empêchait de se détacher de lui. Elle appuyait son visage contre son épaule. Il sentit des larmes lui couler dans le cou.

Soudain, elle se mit à grelotter. Ses lèvres s'entrouvrirent :

— J'ai froid ! J'ai froid ! Prends-moi dans tes bras, je t'en prie, prends-moi dans tes bras !

Ému, décontenancé, Franz l'étreignit très fort, comme un amoureux. Quelle circonstance terrible l'amenait à réaliser ce que ses rêves les plus fous ne lui auraient pas seulement permis d'espérer ! Lison, nue, dans ses bras, le suppliant de la serrer contre lui !

La terreur qui avait précédé ces secondes d'extase l'empêchait d'en jouir pleinement. Ses sens, pourtant, ne pouvaient ignorer la volupté qui s'emparait de lui, et sans doute d'elle aussi. Un abandon certes dû au choc nerveux, mais un abandon tout de même. Eût-il pu imaginer cela, lui, le pauvre rouquin, tenant la belle Lison, aussi dénudée qu'Ève après la chute ? Jamais il n'avait vu d'autre femme dévêtue ailleurs que sur cette gravure de la Bible. Cependant, c'était une volupté mêlée de gêne et de honte. Il se disait que, l'émotion passée, Lison

lui en voudrait de ces instants de faiblesse et le mépriserait davantage.

— Lison, je vous en prie, il faut retourner chez vos parents, laver vos plaies. Vous avez du sang partout. Vos habits ne doivent pas être bien loin.

Tout en continuant à trembler, elle se détacha de lui. Ses lèvres saignaient, ses joues étaient bleues et gonflées. Franz comprit qu'elle avait d'abord été battue. Il effectua le tour des lieux pour tenter d'apercevoir ses vêtements.

C'est l'ombrelle qu'il découvrit d'abord. Cassée. Elle avait tenté de repousser les voyous avec cette arme dérisoire. Puis, derrière le tas de tuiles, il trouva la robe. Ou plutôt des lambeaux de robe. Le tissu avait été déchiré sous les bras et aux épaules. La guipure était souillée de terre. Une chaussure gisait tout près. Il fallut chercher longtemps pour mettre la main sur l'autre. Un des bandits l'avait lancée en l'air et elle s'était calée sur un chevron. Le talon était cassé. Lison ne put avancer qu'en boitant comme une infirme.

Quand ils furent sur la route, une autre mauvaise surprise les attendait : plus de carriole, plus de cheval. Franz était accouru si vite qu'il n'avait pas eu le temps de l'attacher. Ce n'étaient pas les brigands qui l'avaient pris, Franz les avait vus s'éloigner à pied. Affolé par les cris, peut-être le cheval s'était-il emballé ?

Seul le livre qu'elle lisait au moment de l'agression gisait, disloqué, sur la route blanche. À ce moment, Franz songea au portefeuille.

— Bon sang ! Je l'ai laissé sur le siège ! Pourvu…

Que faire ? Le plus sage était de regagner Menjignon, de tout raconter à Edmond et Louisa… sans entrer forcément dans tous les détails. Lorsqu'ils connaîtraient le malheur auquel Lison avait échappé, la perte du portefeuille leur paraîtrait une bagatelle. Quant au cheval, on finirait par le retrouver. À moins que dans son affolement il ait fait chavirer la calèche. Et, ainsi, qu'il se soit cassé une patte.

« Ah, non, pas ça ! souffla Franz. Ces pauvres gens n'ont pas besoin d'une autre catastrophe. »

Puis il dit à haute voix :

— Lison, si vous pouvez marcher, malgré votre chaussure en piètre état, nous ne sommes pas loin de Menjignon et nous prendrons le temps nécessaire.

Humiliée, meurtrie, courbaturée, claudicante, elle s'appuya sur Franz pendant le trajet. Au niveau de Jeantouyre, il s'efforça de la cacher le mieux possible de peur que Castex ne l'aperçoive. Pas besoin de faire jaser.

— Attendez au bas de l'allée. Je vais d'abord parler à vos parents. Il faut leur éviter un choc trop brutal.

*
* *

Louisa et Edmond étaient aux quatre cents coups. Le cheval et la calèche attendaient là, devant l'écurie. Personne sur le siège. Qu'avait-il pu se passer ? L'idée invraisemblable d'une fugue de Franz, partant avec l'argent, aurait pu leur venir

à l'esprit, mais le portefeuille était sur le siège. Le cheval était arrivé à petit trot. Il n'y avait pas eu d'accident. Pas de vol non plus, puisque le contenu de la bourse était intact, ou presque. Certes, Edmond eut beau chercher, la pompe à sulfure de carbone ne se trouvait pas à bord. Peut-être le comice ne les avait-il pas encore reçues ?

Comme si ces incertitudes ne suffisaient pas, Lison tardait à rentrer. On la savait rêveuse, fantasque, fâchée avec les horaires, mais, en cette fin juillet, les journées commençaient à décroître. C'était l'heure où elle aimait lire sur le banc, sous le grand marronnier.

— C'est insupportable ! grognait Edmond, moins par colère que pour dissimuler son angoisse. Louisa, tu es trop faible avec elle ! Ce n'est pas parce que mademoiselle sera institutrice qu'elle doit nous causer du souci à ce point. Je ne le tolérerai plus, tu m'entends, Louisa, je ne le tolérerai plus !

Deux angoisses réunies ne s'additionnent pas, elles se multiplient. Injustement culpabilisée, l'épouse préféra tromper son inquiétude en se réfugiant à la cuisine.

Tout en continuant à pester, Edmond scrutait la route, tentait de distinguer la fine silhouette, la capeline blanche, la robe de mousseline, l'ombrelle… Il regardait au loin sans s'apercevoir que Franz, tout proche, était en train de remonter l'allée. Aussi fut-il stupéfait de le voir à quelques pas de lui.

— Franz ! Te voilà ! Mais enfin, explique-moi… Comment arrives-tu à pied ? Tu n'as pas rencontré Lison ?

Franz prit une voix très calme :

— Lison va bien, monsieur Edmond. Elle va très bien. Vous allez la voir. Elle me suit.

En entendant ces mots, Louisa sortit précipitamment.

Dans la vallée, le soleil disparaissait plus tôt que sur les hauteurs. C'est dans une demi-obscurité, derrière la haie qui bordait l'allée, que Louisa distingua la tête de Lison, sans ombrelle, sans chapeau, les cheveux défaits et en désordre. Puis sa silhouette, la robe déchirée. Lison avait ôté ses chaussures pour ne pas se présenter en boitant.

— Mon Dieu, souffla Louisa, que s'est-il passé ?

— Faites-la rentrer d'abord, dit Franz. Elle va vous raconter.

*

* *

Franz quitta aussitôt Menjignon. Après une pareille épreuve, ces pauvres parents auraient besoin de se retrouver seuls avec leur fille. Quoique le pire ait été évité, certaines images ne manqueraient pas de les hanter pendant la nuit et continueraient longtemps de harceler leur sommeil.

Au Rusthe, Isnel fut content de voir apparaître son jeune compagnon, même à cette heure tardive. Franz avala simplement une soupe et partit se coucher. Allongé sur les draps, il ne souffla pas sur la chandelle, hanté lui aussi par les scènes qui s'étaient déroulées. Il pensa à l'étrange tristesse qui l'avait envahi, chez Schneiter, au moment où s'éloignait la péniche. L'idée que cette mélancolie

pouvait être un mauvais présage l'avait effleuré. Comment expliquer cette intuition confuse ? Les prédictions de Marishka se présentaient-elles aussi sous l'aspect d'un pressentiment ?

Les pensées angoissantes et les images d'horreur ne furent pas seules à venir. D'autres, plus ambiguës, s'y mêlèrent, teintées de volupté.

Même quand la chandelle finit par s'éteindre, Franz demeura très longtemps avant de s'endormir.

XVIII

Ni Franz ni les Combezou ne tenaient à ébruiter l'affaire. Ils se décidèrent néanmoins à porter plainte, ne serait-ce que pour éviter une récidive. De toute façon, un secret de cet ordre est difficile à garder. Les cris s'étaient entendus dans le voisinage, notamment depuis la gentilhommière de Cap-de-Jean, proche de la tuilerie. Ses propriétaires s'absentaient souvent, mais la maison disposait d'une nombreuse domesticité. La rumeur s'était répandue, déformée, amplifiée, à tel point que la panique avait gagné l'ensemble du secteur.

Parce qu'il était propriétaire de la ruine, et aussi en raison de son passé sulfureux, Kléber Castex fut longuement interrogé par les gendarmes. Coupable ? Complice ? Il pouvait avoir hébergé les malfaiteurs. Le maréchal des logis Martin, un long escogriffe aussi maigre et sec que les baguettes du tambour municipal, n'y alla pas par quatre chemins, faisant allègrement fi des subtilités idéologiques :

— Solidarité entre la pègre et les anarchistes : pour moi, cela saute aux yeux !

Cependant, la bonne foi de l'ancien tuilier ne fut pas longtemps mise en doute : souffrant de malaria depuis son exil maghrébin, il se reposait le jour du crime chez sa fille, à Saint-Clair. En dépit de la condamnation infamante de son père, Jeanne Castex avait épousé l'héritier de la plus vieille et la plus honorable famille de la commune. Le témoignage du beau-père, Numa Baqué, fut déterminant et le mit hors de cause.

— Il y a plus d'un âne qui s'appelle Martin ! grommela Castex.

Par bonheur, Martin était un peu sourd.

Trois jours plus tard, la maréchaussée finit par mettre la main sur les coupables. Les deux individus se trouvaient encore à La Gravère, cachés dans une ancienne tannerie près de la Baïse, non loin de la minoterie de Schneiter. Celui qui avait eu l'oreille mise à mal s'était noué un chiffon autour de la tête. Déjà hirsutes au moment de leurs méfaits, ni l'un ni l'autre ne s'étaient rasés depuis et ils présentaient un état de délabrement lamentable. Ils étaient affamés, amaigris, effrayants. Quand ils traversèrent La Gravère, menottes au poignet, la population faillit les lyncher, hurlant des menaces de mort sur leur passage.

Le lendemain, Franz fut convoqué à la gendarmerie en qualité de témoin principal, mais aussi parce qu'on avait trouvé une montre en argent dans la poche d'un des malfaiteurs.

Une montre ? Non, elle n'était pas à lui. Franz n'avait jamais eu de montre, et surtout pas d'une telle valeur.

— Regardez tout de même, insista le brigadier en la lui tendant ouverte. Des lettres sont gravées à l'intérieur. Lisez, et voyez si cela vous évoque quelque chose.

L'inscription était minuscule, Franz dut l'approcher des yeux :

À Zordan, de tout mon cœur. Marie Carvalho, 1867.

Son cœur se mit à bombarder. Au cours de ses pérégrinations avec les Gitans, il avait en effet vaguement entendu parler de cette montre volée. À Paris. Juste après le siège. Une montre en argent. Il allait donc pouvoir la rendre à Zordan ! Quelle chance !

Néanmoins, après un instant de réflexion, il se souvint qu'en évoquant cette montre Marishka faisait à chaque fois une drôle, mais alors très drôle de tête. Entre la colère et le chagrin. Il devina maintenant quelle pouvait en être la raison. À quoi bon rapporter à Zordan cet objet qui risquait d'amener la zizanie dans le couple ?

Il referma le boîtier.

— Non, ça ne me dit rien. Vraiment rien…

— Dommage, fit le brigadier, car ces types ont fait du tort un peu partout. On nous a également signalé qu'entre Limoges et Périgueux ils avaient dévalisé un pauvre charron, ne laissant à ce malheureux que les yeux pour pleurer. De surcroît, dans le même secteur, ils se sont également rendus coupables d'une tentative de viol sur une jeune paysanne. Pour l'affaire qui concerne Mlle Combezou, ils étaient en situation de récidive.

*
* *

Les deux malfrats furent déférés à Nérac vers le juge d'instruction. Le *Journal du Lot-et-Garonne*, qui suivit l'affaire de près, révéla au public qu'il s'agissait d'anciens mineurs originaires du Tarn. Enrôlés en 1870, ils avaient déserté peu avant Sedan. La défaite leur ayant évité le conseil de guerre, ils s'étaient refait une virginité en se mêlant aux insurgés de la Commune, profitant du désordre pour détrousser les passants. Grâce aux troubles qui s'ensuivirent, ils quittèrent la capitale avant le déclenchement des terribles exécutions ordonnées par Thiers. Désormais hors-la-loi, ils avaient erré sur les routes de France, survivant tantôt de rapines, tantôt de mendicité. Ces réprouvés avaient tenté quelque temps de s'intégrer à une équipe de scieurs de long, mais ayant perdu le goût de l'effort et du travail, ils ne tardèrent pas à abandonner le chantier.

Au cours de l'instruction, ils furent notamment reconnus par un Bordelais du quartier Mériadeck, dont le portefeuille avait été dérobé trois ans plus tôt. Ils avaient échappé aux poursuites en se faufilant au milieu d'une représentation de baladins.

Leur histoire lamentable inspira à Franz plus de compassion que de haine. Il se souvenait des leçons du brave curé de Niederwihr, l'abbé Diringer, qui prêchait le pardon et la pitié plutôt que la vengeance. Pauvres bougres qui ne valaient sans doute pas grand-chose, mais que la vie, à coup sûr, n'avait pas gâtés. Ils furent condamnés à dix ans

de travaux forcés en Guyane, au grand dam de la population qui réclamait la guillotine. Franz, qui achevait sa seizième année, ne voyait pas en quoi leur exécution aurait racheté leur forfait. Déjà, leur châtiment serait bien assez rude. Là-bas, beaucoup mouraient au bout de quelques mois. Rares étaient ceux qui survivaient plus de cinq ans. Certes, il était intervenu à temps, sinon qui sait jusqu'où serait allée leur agression ? Le viol, c'est sûr, et peut-être un meurtre après. Peut-être... Si on se mettait à punir les gens sur des supputations, où irait le monde ?

Ces pensées tournoyaient dans sa tête. Il constatait avec amertume le climat de haine qui s'instaurait. Les Français se préparaient à un affrontement plus ou moins lointain. La confiscation de l'Alsace par les Prussiens était une abomination. Nul n'a le droit d'annexer un territoire sans le consentement de ceux qui l'habitent. Mais fallait-il pour autant se lancer dans une nouvelle guerre ? Déclencher un conflit apocalyptique, cent fois, mille fois plus meurtrier que celui qu'on venait de vivre ? Lequel engendrerait à son tour d'incontrôlables désirs de revanche ? On n'en finirait donc jamais !

Au sein même des écoles, les instituteurs étaient chargés par le ministère d'entraîner les enfants au combat. Pendant les récréations, ils les initiaient au maniement des armes. Des fusils de bois pour les tout-petits, et pour les plus grands de vraies carabines fabriquées par la célèbre marque Verney-Carron. Des « bataillons scolaires » ! Avec concours de tir en fin d'année « sous le haut patronage de

M. l'inspecteur d'académie ». Jusqu'aux chants scolaires qui attisaient rancœur :

« J'entends le bruit des armes,
Il souffle un vent guerrier.
Ô cher pays d'Alsace,
Sois ferme dans ta foi ;
Après ce long supplice,
Un temps meilleur viendra ;
Le jour de la justice
Pour toi se lèvera. »

Si par quelque impossible miracle Ulrich avait survécu sans pouvoir échapper à ses poursuivants, ce n'est pas cette atmosphère haineuse qui inciterait les Prussiens à la clémence.

*
* *

La haine… La revanche… La nature humaine était-elle vraiment généreuse, comme le prétendait le bon abbé Diringer ? Au lieu de se montrer reconnaissante et chaleureuse envers Franz, Lison parut au contraire l'éviter plus que jamais, fuyant son regard, évitant de lui parler. Un simple « Merci pour ce que vous avez fait », ou « Sans vous, je ne sais ce qui serait advenu », et il aurait exulté. Le dicton populaire avait cent fois raison : si l'on veut de la reconnaissance, c'est auprès des animaux qu'il faut la chercher, pas auprès des hommes. En septembre, la jeune fille entra à Casteljaloux pour la dernière année. Après, ce serait l'école normale.

Celle de Montauban, car le second Empire en avait supprimé plusieurs en France, notamment celle du Lot-et-Garonne : l'empereur n'avait pas oublié la sédition menée par Castex après le coup d'État du 2 décembre 1851. Par manque de moyens financiers, la République ne l'avait pas rétablie.

La haine... La revanche... Qu'avaient donc les hommes à se détester quand déjà ils devaient affronter une nature qui ne les épargnait guère ? Les paysans, plus que quiconque, en savaient quelque chose : les grêles, les gelées, l'excès de pluie, les trop longues sécheresses, les maladies qui s'abattaient sur les plantes. À Agen, la somptueuse rangée d'ormeaux sur les rives de la Garonne avait inexorablement péri, après une agonie de plusieurs années, victime d'un mal mystérieux. Et la vigne donc... Après la Toussaint, Edmond était revenu à Nérac acheter la brouette équipée d'une pompe à vapeur. Les pampres étaient si maigres que, cette année encore, la taille fut vite expédiée. Tirer les sarments et les mettre en fagots ne prit qu'une semaine. Avec ça, on n'aurait même pas de quoi allumer le feu jusqu'à Noël. Aussi Edmond, Franz et le domestique passèrent-ils le plus gros de l'hiver à ce traitement de la dernière chance. Tandis que Camille poussait la brouette au milieu du rang, Edmond et Franz tenaient chacun un tuyau emmanché d'un dard qui injectait le poison dans le sol. Malgré la pluie, le vent, le gel, les doigts gourds, les oreilles douloureuses, ils s'obstinèrent à cette galère. À Duras, une pompe avait explosé, blessant grièvement deux ouvriers. Ce travail, tous trois l'accomplissaient avec l'énergie du désespoir.

Pourtant, un pressentiment obscur leur murmurait que c'était en vain. Franz en était convaincu. Il se souvenait des paroles de Laubenheimer. D'abord, il les avait jugées exagérément pessimistes, mais désormais leur bien-fondé paraissait évident.

*

* *

Avril confirma toutes les craintes. Alors que le printemps jaillissait de la terre, verdoyant, florissant, gonflé de sève, la plupart des ceps ne repartirent pas. Ou bien ce fut une pousse rachitique, pâlichonne, qui avorta au bout de quelques jours. C'était ainsi chez Edmond Combezou, mais tous les autres vignerons firent le même constat. Ceux qui avaient traité, comme ceux qui n'avaient pas traité. L'insecte diabolique narguait les efforts accomplis par les hommes. Seules quelques rares parcelles isolées réchappaient au désastre. Celles-ci, très rares, parce qu'elles se trouvaient en bordure du ruisseau. En janvier, après de fortes pluies, celui-ci avait débordé. Une circulaire envoyée par le comice avait expliqué qu'en cas d'inondation les larves s'asphyxiaient, ce qui sauvait les ceps. Mais ces parcelles humides, peu ensoleillées, ne donnaient qu'une piquette médiocre, difficile à commercialiser. On la buvait en consommation courante. Le même phénomène s'était produit en Camargue, grâce aux crues du Rhône qui avaient empêché les vignobles de succomber intégralement. On l'avait également constaté sur les rives de la Garonne, entre Langon et le début de l'estuaire : les terres

de palus, alluvionnaires, avaient sauvé les vignes tout en produisant un vin de qualité, ce qui était tout à fait exceptionnel.

Ailleurs, c'étaient des parcelles sablonneuses que le fléau avait épargnées. La larve du phylloxéra peinait à s'y déplacer et l'insecte préférait aller pondre sur des zones plus favorables. Cependant, ce vin de sable, d'aussi piètre qualité que celui des parcelles humides, finissait à la vinaigrerie.

— Cette fois, tout est fichu, laissa tomber Edmond, complètement découragé.

Si au moins il n'avait pas entrepris la construction de ce chai magnifique, son compte en banque lui aurait permis de tenir plusieurs années... Quel gâchis !

La mort dans l'âme, il dut annoncer à Camille et Yvette qu'il n'aurait guère la possibilité de les garder longtemps.

— Pour vous, Camille, je verrai avec mon frère. Sa scierie fonctionne du feu de Dieu. J'essaierai de vous faire embaucher comme muletier. Quant à Yvette, ils l'engageront peut-être à Cap-de-Jean. Ils ont toujours besoin de domesticité là-bas. À moins qu'Isnel ne la prenne pour lui faire la cuisine, s'occuper de son linge. Avec l'argent qu'il gagne, il peut bien s'accorder un peu de bon temps. Après, j'espère qu'il me restera de quoi payer le pensionnat de Lison à Montauban...

*

* *

C'est alors que Franz s'approcha du pauvre homme :

— Justement, monsieur Edmond, j'ai quelque chose à vous proposer. Ce qui arrive à vos vignes, c'est une catastrophe, j'en conviens. Hélas, bien d'autres vignerons sont frappés comme vous. Cependant, j'ai une solution à vous proposer.

— Une solution ? Tu veux ressusciter mes vignes ? fit-il, mi-sérieux, mi-narquois. Je sais bien que ton ami Django te surnomme « Franz le Magique », mais tout de même…

— Non, hélas, je n'ai guère ce pouvoir. En revanche, partout où les vignes sont mortes, vous pouvez les remplacer par une autre culture. Une qui rapporte bien en ce moment.

— Ah bon ? Si c'est le blé ou le maïs, je connais déjà, tu sais…

— Non, ni le blé ni le maïs, mais le houblon.

— Le houblon ? C'est quoi, ça ?

— Une plante grimpante qui entre dans la composition de la bière. La fleur du houblon lui confère son arôme si particulier.

— Son arôme ? Mille excuses, mais, pour moi, l'odeur de la bière ça me rappelle plutôt celle des cabinets de l'école. Ou des urinoirs publics quand je vais en ville.

— C'est votre droit de ne pas aimer la bière, monsieur Edmond, cependant il y a des gens qui l'apprécient comme d'autres le vin. En Alsace, des houblonnières, il s'en cultive partout. Presque autant que des vignes.

Edmond demeurait sceptique.

— Et alors, en admettant que j'en cultive ici, tu comptes l'expédier en Alsace, ce houblon ? Ou du moins ses fleurs ?

— Non, monsieur Edmond. Pas si loin : à Nérac. Vous avez peut-être entendu parler des bières Laubenheimer. J'ai vu le patron. Son entreprise est en pleine croissance. Il a même fait installer une machine à vapeur, comme Schneiter à La Gravère. L'un et l'autre sont des gens de progrès, ils savent saisir les opportunités que leur offrent les circonstances. Cet hiver, je l'ai rencontré plusieurs fois. J'allais à Nérac à pied, le dimanche. Il a le plant tout prêt.

— Admettons que j'accepte. Tout ceci nous mène à l'année prochaine. Il faut d'abord arracher les ceps… Rien que d'y penser, ça me crève le cœur !

— J'ai bien réfléchi : à mon avis, on peut commencer dès maintenant, sur la prairie que vous possédez entre la tuilerie et Cap-de-Jean. Vous n'y récoltez que du foin. Il suffit de la labourer et d'y passer la herse. Elle mesure à peu près un hectare, ce n'est pas mal pour un début. Si le résultat s'avère concluant, vous pourrez arracher quelques vignes mortes au début de l'automne et continuer la plantation. Pour l'heure, dès que la terre sera prête, on ira chercher le plant à Nérac et M. Laubenheimer nous enverra un conseiller. Vous ne risquez pas grand-chose, et vous avez tout à gagner.

On était aux environs de Pâques. Lison disposait de quelques jours de vacances. Tandis que Franz expliquait son projet à Edmond Combezou, il s'aperçut qu'elle se tenait derrière la porte entrouverte, et qu'elle écoutait la conversation.

— Et alors, cependant que [illegible] comptes [illegible] en Alsace, ce [illegible] ? On dit nous [illegible] ?

— Son monsieur Edmond. Pas si loin d'ici. Vous avez peut-être entendu parler des [illegible] [illegible] a eu le patron. Son entreprise est en pleine croissance. Il a même fait installer une machine à vapeur comme [illegible]. L'un et l'autre sont des gens de progrès. Ils savent saisir les opportunités que leur offrent les circonstances. Cet homme, je l'ai rencontré plusieurs fois. J'allais à Sarrac à pied le dimanche. Il a le plant tout prêt.

— Admettons que j'accepte. Tout est remis à l'année prochaine. Il faut d'abord arracher les ceps. Rien que d'y penser, ça me crève le cœur.

— J'ai bien réfléchi. À mon avis, on peut commencer dès maintenant sur la vigne que vous possédez entre La Jalière et Cap-de-Jean. Vous n'y récoltez que du [illegible]. Il suffit de la défoncer et d'y passer la herse. Elle mesure à peu près un hectare, ce n'est pas mal pour un début. Si le résultat s'avère concluant, vous pourrez arracher quelques vignes mortes au début de l'automne et continuer la plantation. Pour l'heure, dès que la terre sera prête, on ira chercher le plant à Sarrac et M. [illegible] nous servira de conseiller. Vous ne risquez pas grand-chose, et vous avez tout à gagner.

On était aux environs de Pâques. Simon disposait de quelques jours de vacances. Tandis que Lazare expliquait son projet à Edmond Combarzou, il s'aperçut qu'elle se tenait derrière la porte entrouverte, et qu'elle écoutait la conversation.

XIX

PAS DE TEMPS À PERDRE. Dès le lendemain, tous les bœufs de Menjignon étaient attelés : une paire tirait le brabant, une charrue à versoir qui permettait de labourer dans les deux sens en faisant pivoter le double soc. C'était un gain de temps considérable. L'autre suivait en traînant une herse. On emprunta même une mule à Isnel pour écraser les mottes avec le rouleau. Les trois outils passèrent et repassèrent jusqu'à ce que la terre devienne parfaitement meuble.

— Regardez, c'est de la cendre ! se réjouit Edmond dont le moral pourtant demeurait en berne.

Franz n'avait pas encore appris à conduire un attelage de bœufs, du moins pour le labour qui exige une solide expérience. On ne devient pas bouvier en quelques heures. Aussi Edmond lui demanda d'aller à Nérac avec le cheval et une charrette afin de rapporter les plants.

Puis tout se passa comme pour une plantation de vigne. Ce houblon n'était-il pas appelé, d'ailleurs, « la vigne du Nord » ? Il est vrai qu'entre

ces deux plantes grimpantes, destinées l'une et l'autre à produire une boisson, les similitudes ne manquaient pas.

Étant donné l'urgence des travaux, Isnel prêta ses employés pour quelques jours.

— Avant tout, nous devons mesurer les quatre côtés de la parcelle, expliqua Edmond. Ceci nous permettra de déterminer le nombre de rangs et de les marquer d'un pieu à chaque extrémité. Après seulement, on pourra tirer le cordeau.

C'était une sorte de chaîne d'arpenteur, spécialement conçue pour les plantations de vigne. À chaque mètre, un anneau plus volumineux balisait l'intervalle. Le houblon, lui, doit être plus serré. Selon les conseils du spécialiste envoyé par Laubenheimer, on partagea cette distance en deux.

Muni d'une pioche, un homme creusait un trou à peine supérieur à la taille d'un pot de résine. Derrière lui, un autre y répandait une pelletée de fumier mêlée à du terreau. Un troisième plaçait le rhizome, le recouvrait de glèbe meuble, tandis qu'un quatrième, à l'aide d'un arrosoir, versait un demi-litre d'eau. Comme le soleil de printemps était particulièrement précoce, le conseiller préconisa le paillage afin de limiter l'évaporation.

Tous les cinq mètres, un échalas d'acacia. Il n'en manquait pas, hélas, vu qu'il suffisait de les arracher aux vignes mortes.

*

* *

En moins de quinze jours, la plantation fut achevée. Tout avait été mené tambour battant. Franz pouvait se féliciter du résultat.

— Vous voyez, monsieur Edmond, ce n'était pas si terrible. À présent, plus rien ne presse. L'essentiel est que les plants démarrent. En principe, ça vient comme du chiendent. Ce qu'il faut, c'est les maintenir arrosés de façon régulière.

— Hé, pareil que toutes les plantes, pardi ! Tu sais ce qu'on dit chez nous ? Une plante repiquée est une convalescente jusqu'à la fin de la première année.

Rien ne pressait en effet, mais il fallait prévoir tout un réseau de tuteurs permettant aux pousses de s'entortiller, comme les vrilles de la vigne. Du côté de Nérac, ils utilisaient des rejets de châtaignier. Ici, les bambous foisonnaient. Edmond commanda qu'on en coupe des centaines, les fit ébrancher, écimer, tailler à la même longueur.

La proximité du ruisseau facilita l'arrosage quotidien. Très vite, de petites pousses pointèrent, s'ouvrirent, se déployèrent. L'ensoleillement du printemps dopa la sève, décupla la vigueur des tentacules. On dut se dépêcher de ficher les tuteurs dans le sol en les croisant comme des faisceaux, tandis qu'un fil de fer fixé aux pieux rigidifiait l'ensemble.

— En somme, monsieur Edmond, c'est exactement ainsi que vous procédez au potager pour faire grimper vos haricots.

Pas plus que les piquets d'acacia le fil de fer n'entraîna de la dépense : on le récupéra sur les parcelles sinistrées. Pauvres vignes mortes ! Sans

piquets, sans fil de fer, ces alignements de ceps noirs les faisaient ressembler à d'immenses cimetières. À cette vision de cauchemar, Edmond avait eu les larmes aux yeux.

— Voyons, monsieur Edmond, tout ne s'arrête pas ! Au contraire, tout va recommencer avec les houblonnières. Et peut-être qu'un jour ce maudit phylloxéra sera vaincu !

— Tout de même... Tout de même... La vigne, c'était une telle part de ma vie. Même ce fil de fer, vois-tu, j'ai été un des premiers à l'utiliser dans la région. Avant, on fixait les pampres sur des palissages de bois. Mais le fil de fer, surtout depuis l'invention du galvanisé, ça avait été un tel progrès...

Le fil de fer, le chai ultramoderne... Edmond Combezou avait la fibre d'un paysan novateur et passionné. « C'était une telle part de ma vie » : il aurait pu dire qu'en dehors de sa famille la vigne était toute sa vie. Le moindre gain n'avait jamais été pour faire la noce, ni même pour acheter des louis d'or et les enfouir sous terre, mais l'occasion d'acquérir une autre parcelle chaque fois qu'il s'en trouvait à vendre. Et il la plantait d'une nouvelle vigne. Les vieux Combezou étaient de tout petits paysans, propriétaires seulement de quatre hectares, pas même d'un seul tenant. Devenus adultes, Edmond et Isnel s'étaient fort bien débrouillés, l'un avec son moulin qui avait d'abord été prospère, l'autre en épousant Louisa qui lui apporta en dot une propriété déjà importante. Loin de se satisfaire de l'aubaine, l'aîné agrandit ce bien, année après année, lui consacrant chaque sou d'économie.

Les épreuves avaient d'abord frappé Isnel, puis le tour d'Edmond était venu. Chez l'un comme chez l'autre, pourtant, il y avait eu ce petit miracle, nommé Franz. Pareil au lutin des contes de fées, sans baguette magique, mais avec une ingéniosité épatante, il les avait sauvés l'un et l'autre de la dégringolade.

*

* *

Au mois de juin, le jaillissement du houblon fut un feu d'artifice. Le fumier, la terre de bruyère, l'arrosage fréquent, la température clémente, tout avait concouru à cette explosion végétale. Une telle folie animait les pousses tendres qu'elles manquaient les tuteurs et retombaient au sol. Il fallut, comme pour la vigne, les accrocher avec du raphia. Sauf qu'à la vigne trois ou quatre pampres par cep sont à ramer, tandis que sur un pied de houblon ce sont des myriades de serpentins et de dards souples qui réclament de l'aide.

Les Zampa arrivèrent sur ces entrefaites. Un an qu'ils n'étaient pas retournés. Tous les villages jouxtant les provinces perdues avaient réclamé leurs spectacles. Le programme en avait été complètement modifié et adapté aux circonstances. C'était une idée de Django et de Kamli : parodier les Prussiens, se moquer d'eux, singer leur démarche martiale, les ridiculiser. Les saltimbanques s'affublaient de casques à pointe qu'ils s'étaient bricolés et de vagues uniformes rappelant ceux des uhlans. L'intrigue des saynètes montrait les Allemands

plus bêtes que leurs animaux : Django, avec des pitreries inimitables, jouait le rôle d'un soldat incapable de leur porter à boire et à manger correctement. Il trébuchait, tombait, tandis que Boulou et Kalari imitaient à la perfection des ricanements humains. Lors d'une autre saynète, Kamli entrait en scène avec Roméo et Tybalt : elle se composait une silhouette grotesque d'énorme Teutonne en train de promener ses chiens. Ceux-ci la faisaient tourner en bourrique, tirant sur la laisse ou refusant de bouger. Les spectateurs, pétris de rancune à l'égard des occupants, leur réservaient de véritables triomphes.

Une fois le spectacle présenté dans toute la région, et après avoir usé cette moquerie jusqu'à la corde, les comédiens redescendirent vers la vallée des Joncières pour se remettre à la vannerie.

Comme à leurs visites précédentes, Franz retrouva avec bonheur son ami Django et toute la tribu, sauf Lazlo qui continuait sa lune de miel. Il leur raconta le malheur qui s'était abattu sur la vallée, le phylloxéra qui avait détruit les vignobles. Django avait déjà entendu parler de ce désastre :

— Il n'y a pas qu'ici que cette saleté fait des ravages. Partout où nous sommes passés, les vignes meurent. Les paysans sont désespérés, c'est terrible.

Oui, c'était terrible, car l'exode rural, dramatique depuis quelques décennies, s'était accru de manière foudroyante. Ruinés, les vignerons à leur tour quittaient la terre. À Saint-Clair, il restait moins de deux cents habitants, alors qu'on

en comptait cinq cent quarante-quatre en 1833, l'année où la commune avait ouvert son école.

— Alors, puisqu'il n'y a plus de vin, on essaie le houblon.

Il expliqua à son ami comment un brasseur de Nérac, d'origine alsacienne, les avait incités à planter cette houblonnière.

— Un hectare de houblon rapporte presque autant qu'un hectare de vigne. Dans les circonstances actuelles, tu penses si on a sauté sur l'occasion !

Il s'arrêta un instant. Ses yeux bleus s'illuminèrent comme à chaque fois qu'il lui venait une idée.

— Vous tombez à pic ! Nous sommes à court de main-d'œuvre. Les pousses sont si vigoureuses qu'elles manquent les tuteurs. On doit les relever une à une et les attacher avec du raphia. C'est un travail qui réclame du temps et de la patience. Accepteriez-vous de nous aider ? En vous rémunérant, bien entendu, n'est-ce pas monsieur Edmond ?

Pour les Zampa aussi, la proposition tombait à pic. Autour de Port-Sainte-Marie, les vignes à raisin de table étaient mortes comme les autres et, le jour de la grande foire, ils vendraient là-bas beaucoup moins de corbeilles. Seules les lavandières, qui rinçaient leur linge dans le fleuve, continueraient d'en avoir besoin.

Marché conclu. Avant de se mettre aux joncs et aux osiers, les Gitans passèrent plusieurs jours à relever les lianes folles. Juillet venait de mettre les écoliers et les collégiens en vacances. Sans que

personne la sollicite, Lison se joignit aux travaux. Avait-elle conscience que ses parents auraient du mal à lui payer ses études ? À moins qu'elle eût réellement changé, ainsi qu'elle l'avait prétendu...

Franz se sentait responsable de l'issue de l'entreprise et, tout autant qu'Edmond, surveillait de près son déroulement. À plusieurs reprises, il travailla aux côtés de Lison. Elle nouait le raphia, tandis qu'il relevait les pousses et les lui présentait. Ses habits affriolants de petite bourgeoise, elle les avait délaissés pour l'austère tablier des paysannes. Son élégante capeline était restée dans l'armoire. Comme toutes les campagnardes, elle se protégea du soleil en plaçant, sous le chapeau de paille, un mouchoir noué aux quatre coins. Pour autant, elle se montrait toujours aussi peu chaleureuse, ne desserrant les lèvres qu'en cas de nécessité : « Passez-moi le raphia », « Liez ici »... Était-ce de la pudeur ? De la gêne ? Une condescendance persistante ? Pouvait-elle ne pas se souvenir qu'elle s'était trouvée entièrement nue dans ses bras, les seins collés contre sa poitrine, son joli visage en larmes blotti au creux de son cou ?

Franz, lui, ne pouvait l'oublier. Une fois passés les moments de frayeur, il avait senti la douceur de cette peau, celle de ces mains qui avaient pris les siennes, les avaient ramenées derrière son corps pour qu'il la serre davantage. Eut-elle honte de cet abandon, ainsi qu'il l'avait craint ? Se rendait-elle compte que le passage de Franz, sur cette route et à cet instant précis, relevait du miracle ? Dieu sait ce qui serait advenu dans le cas contraire...

*

* *

La rentrée à l'école normale eut lieu au moment où le houblon commençait à fleurir. La cueillette débuta au lendemain du pèlerinage d'Ambrus. D'habitude, la floraison n'est guère abondante la première année, mais le printemps avait été si favorable que la récolte dépassa toutes les espérances.

En Alsace, même sans y avoir prêté une attention particulière, Franz avait déjà remarqué ces curieuses fleurs : de jolis cônes vert pâle, virant au doré, presque translucides, avec des airs de lampions chinois. Pour Edmond, qui les découvrait, ce fut un émerveillement qui adoucit un peu sa tristesse. Les Zampa restèrent quelques jours de plus tant la cueillette réclamait de la main-d'œuvre. On embaucha même Castex, l'ancien proscrit, qui avait pourtant passé les soixante-dix ans. Bien qu'il se mêlât peu au voisinage depuis son exil, son attention avait été attirée par cette culture insolite, cette végétation luxuriante, et il s'était approché pour regarder de plus près. Edmond l'avait interpellé :

— Bonjour Kléber ! Si vous avez du temps libre, vous ne seriez pas de trop. Je vous embauche, au même tarif que les autres. Ça vous dit ?

— Ma foi, pourquoi pas ? Je ne travaillerais pas pour le grand capital, vous le savez, mais pour rendre service à un voisin, c'est bien volontiers !

Curieux bonhomme que ce Castex. Ancien meneur, il vivait seul et reclus. Du tuilier habile, passionné par son métier, ne subsistait rien. Pas même l'ombre d'un regret. Il aurait pu parler aux

autres de ses gestes d'autrefois, raconter aux jeunes le pétrissage de la glaise, la patiente façon de l'aplatir avec un rouleau, l'art de lui donner forme en la moulant sur la cuisse. Au lieu de cela, c'était un mutisme total. Peut-être les épreuves avaient-elles complètement gommé de sa mémoire ce passé révolu. La proposition d'Edmond lui apporta, sans qu'il en eût vraiment conscience, la clarté d'une aurore. Il se mêla aux autres cueilleurs, participa peu à peu à leurs conversations, plaisantant même avec eux, comme si son esprit se désengourdissait.

Dès leur éclosion, les fleurs devaient être cueillies au plus vite sous peine de perdre leur arôme. Elles étaient placées dans des corbeilles, puis mises à sécher sous les hangars, étalées sur des draps de lin, comme on le faisait pour le tilleul. Ce fut un va-et-vient ininterrompu entre la houblonnière et Menjignon.

Les draps de lin... Bien qu'elle se voulût « moderne », Louisa avait un peu renâclé à sortir des armoires ces immenses draps de lin qu'on se transmettait de génération en génération. Lors de son mariage, elle les avait reçus en guise de trousseau, selon la mode campagnarde. Enfin, « nécessité fait loi », finit-elle par admettre, utilisant volontiers un proverbe pour justifier les actes de son existence. Surtout ceux qu'elle exécutait à contrecœur.

— L'an prochain, songea Franz, on devra prévoir des claies en bois. Avec la scierie, ce ne sera pas difficile. Le séchage s'effectuera beaucoup mieux et Louisa n'aura pas à prêter ses draps. Ils sont faits pour y dormir, elle n'a pas tort. Ces claies, on

pourra les superposer, ce qui nous fera gagner de la place.

Edmond avait beau être affecté par la perte de ses vignes, cette expérience le stimulait. Il la suivait même de si près qu'il répugnait à quitter le chantier.

— Dis-moi, Franz, est-ce que ça t'ennuierait, demain, de conduire Lison à la gare ? C'est sa rentrée à l'école normale, et je suis débordé de travail.

*
* *

La rentrée scolaire, déjà ! Franz n'avait pas vu passer l'été.

Il n'osa manifester sa joie. Pourtant, il n'avait rien à attendre : depuis l'émoi de l'agression, l'indifférence glacée de la jeune fille le lui avait fait comprendre plus d'une fois. Mais l'idée de parcourir avec elle, côte à côte sur le siège de la calèche, ce trajet d'une dizaine de kilomètres jusqu'à la gare d'Aiguillon, lui procura un plaisir proche de la volupté.

Il attela le cheval, chargea la malle de cuir, aida Lison à monter sur le marchepied. Jusqu'à ce qu'elle atteigne le siège, il lui tint la main et vint s'asseoir près d'elle.

Comme à chaque fois qu'elle se trouvait en sa compagnie, Lison observa le plus parfait mutisme pendant tout le trajet. Il remarqua seulement qu'au niveau de la tuilerie elle baissa la tête et son visage s'empourpra. Juste après, c'était la houblonnière.

En entendant le galop du cheval, les cueilleurs se tournèrent vers la route :

— Au revoir ! Bon voyage !

À ces mots d'amitié, les Zampa, Edmond, Castex, Camille, Yvette joignirent de grands saluts de la main. Cela créa une diversion : les fantômes, qui avaient surgi du roncier, s'éloignèrent.

*

* *

En traversant La Gravère, Franz ne fut pas peu fier, lui, le rouquin, l'étranger, d'être vu en compagnie de sa magnifique passagère. Double prestige : outre sa beauté, elle était la fille d'Edmond Combezou, considéré comme l'un des plus riches propriétaires de l'arrondissement. Certes, les habitants du bourg n'ignoraient pas les pertes qu'il avait subies avec cette saleté de phylloxéra. Mais, à leurs yeux, sa fortune était inépuisable.

— Ne vous inquiétez pas pour lui, c'est un malin, il a su en mettre de côté. Vous verrez qu'avec le houblon il va renflouer ses comptes en banque !

Sur le « boulevard de la République », dont l'empierrement justifiait désormais la dénomination pompeuse, Franz jeta un coup d'œil aux ouvriers qui achevaient la construction du kiosque à musique. Schneiter avait tenu sa promesse. Sa prospérité le lui avait permis. Franz eut la satisfaction de penser que, fût-ce de façon indirecte, il n'était pas étranger à ce charmant édifice.

L'arrière-saison continuait d'être ensoleillée. La matinée était douce et beaucoup de villageois se

trouvaient dans la rue. Les plus anciens musardaient, courbés sur leur canne, bavardant entre eux. D'autres, assis devant leur porte, regardaient le va-et-vient. Les ménagères se rendaient chez les commerçants pour acheter le pain, le *jambon glacé*[1] ou la tranche de veau. Passer dans le village aux côtés de cette belle et présumée riche héritière conférait à Franz une aura qui ne le laissait pas indifférent.

Néanmoins, ses joies étaient vite assombries en songeant à ses parents. Une sorte de culpabilité qui se cramponnait. Comme s'il lui était interdit de se sentir heureux alors que sa mère était morte et que le sort de son père demeurait incertain. Pauvres parents Meister ! Ces humbles ouvriers agricoles eussent été tellement fiers de le voir devenu, encore adolescent, la Providence d'une famille estimée, et guidant une calèche en compagnie de leur fille !

*

* *

Même s'ils ne se parlaient pas, même si aucun des deux ne tournait la tête vers l'autre, Franz aurait voulu que le trajet dure longtemps, très longtemps… Qu'il ne finisse pas. Mais déjà c'était Saint-Léger, le pont suspendu sur la Garonne. Plus très lointaine, la silhouette du château d'Aiguillon

---

1. *Jambon glacé : spécialité locale. C'est une sauce qui, malgré son nom, se déguste chaude. Élaborée à partir de jambonneaux et des débris de viande demeurant autour des os, cette délicieuse cochonnaille se fige en se refroidissant. D'où son nom.*

annonçait la fin du voyage. L'attelage passa sous la voie du chemin de fer, atteignit la gare. Le crépitement régulier et sonore des sabots ferrés ralentit, semblable à une horloge qu'on a oublié de remonter, puis s'immobilisa. L'espace de quelques secondes, Franz eut l'impression que c'était son cœur qui s'arrêtait de battre.

— Bon, eh bien mademoiselle, nous y voilà ! fit-il, s'efforçant de prendre un air détaché.

Il descendit, effectua le tour de la calèche et tendit la main à sa passagère.

— Merci, dit-elle. Merci, Franz…

Rendue au sol, elle ajouta :

— Je n'ai sans doute pas su vous exprimer tout ce que je vous dois, Franz… Ce que vous avez réalisé pour mes parents, pour ma famille… Et puis aussi, n'est-ce pas ?… ce que vous avez fait pour moi… à la tuilerie.

Embarrassé par ces paroles inattendues, il ne sut quoi répondre, se contentant de hocher la tête. Il se dirigea vers l'arrière de la voiture, saisit la malle.

— Voulez-vous que je la porte jusqu'au train ?

— Ce n'est pas la peine, je suis une grande fille, vous savez !

Alors, à la stupéfaction de Franz, elle s'approcha et lui donna un baiser sur la joue. Il fut tellement surpris qu'il bougea la tête, et les lèvres de Lison frôlèrent les siennes. Il en rougit de confusion, voulut dire un mot, mais déjà elle s'éloignait. Sans se retourner, elle poussa la porte de la gare.

XX

À Niederwihr, tous les élèves de M. Hamel connaissaient par cœur les exploits de Gavroche, ceux de Jean Valjean, les malheurs de Fantine et de Cosette, ceux d'Esmeralda et de Quasimodo.

Joseph Pène, lui, avait un faible pour la poésie de l'illustre écrivain : *Les Pauvres Gens, Oceano nox, À Villequier, Tristesse d'Olympio*... Sous sa houlette, Franz en avait appris plusieurs. Mais en ce moment c'est *Gastibelza* qui résonnait en boucle dans sa tête. Gastibelza, ce jeune pâtre espagnol épris de la belle Sabine :

Pour avoir un regard de son âme
Moi pauvre chien,
J'aurais gaiement passé dix ans au bagne
Sous les verrous.
Le vent qui vient à travers la montagne
Me rendra fou.

Sans aller jusqu'à se précipiter au bagne, Franz aurait donné beaucoup pour que Lison lui accorde « un regard de son âme »... Et quand soufflait le

vent d'autan, des idées folles se bousculaient dans sa tête. Était-ce cela que les adultes appelaient « l'amour », ce sentiment capable de faire mouvoir le soleil et les étoiles ?

La nuit qui suivit le départ de Lison, il monta plus tôt dans sa chambre. Il s'y réfugiait quelquefois, lorsque la brûlure devenait trop tenace. Les pièces des moulins sont exiguës. Ces murs étroits lui semblaient un abri, une protection, comme autrefois la masure Gorbeau. Il prit un cahier inachevé qu'il avait gardé de l'école. Jusqu'à très tard, il crayonna le beau visage de la jeune fille. Puis, soigneusement, il découpa la page et la déposa sur sa table de nuit.

*
* *

Huit jours après la rentrée, Edmond et Louisa reçurent une lettre. Le facteur passait un peu avant midi. Cependant, Louisa attendit qu'Edmond arrive avant de la décacheter.

— C'est Lison ! souffla-t-elle.

— Tu peux lire devant Camille et Yvette. Devant Franz aussi. Asseyons-nous à table. Pour moi, ceux qui travaillent chez nous font partie de la famille.

Lison racontait sa vie au pensionnat, tellement différente du milieu qu'elle avait connu chez les religieuses. Les études y étaient difficiles, et la discipline encore plus sévère : *C'est un véritable couvent laïque*. Il est vrai que la pension Sainte-Marie n'avait pas été non plus le paradis sur terre. Les repas s'y déroulaient en silence tandis qu'une

élève lisait quelque page de l'Histoire sainte. Lorsque la garde-chiourme en cornette la jugeait inaudible, la pauvre lectrice se faisait réprimander. Quand ce fut son tour, Lison crut bien faire en déployant sa belle voix sonore. La mère supérieure, sœur Saint-Jean de la Porte latine, l'interrompit durement :

— Mademoiselle Combezou a été garde champêtre dans son village ?

Pas plus de charité chrétienne à Casteljaloux que d'indulgence laïque à Montauban…

La missive de Lison témoignait surtout d'une évidente nostalgie : *La récolte du houblon s'est-elle bien passée ? J'ai emporté une des fleurs avec moi et je l'ai mise à sécher entre les pages de* La Petite Fadette *de George Sand, un magnifique roman que je suis en train de lire. Cela me rappelle un peu notre bonne vie de la campagne. Montauban, c'est loin de chez nous, c'est vraiment la ville, et je me languis un peu.*

Jusqu'à la fin de la lettre, Franz espéra qu'il y aurait une ligne pour lui. Même juste un petit mot. Mais non, elle embrassait ses parents, leur souhaitait bon courage, et attendait vite de leurs nouvelles.

*
* *

Après les premières gelées, Edmond se décida à arracher un hectare de vignes. Ces chicots noirs le démoralisaient. Puisque l'expérience de la houblonnière s'avérait concluante, on pouvait

envisager de l'étendre. Pas partout néanmoins. Celui qui a la vigne dans le sang, qui l'a cultivée toute sa vie, ne peut y renoncer de gaieté de cœur.

En outre, de même que Franz gardait plus ou moins l'espoir de retrouver son père, Edmond, une fois passée la stupeur des premiers moments, s'était mis à espérer l'invention d'un remède providentiel. Sa force de vie avait finalement repris le dessus. Il y a chez les paysans quelque chose du phénix qui renaît de ses cendres. En dépit des revers et des épreuves, une puissance surhumaine les pousse à faire face et à se relever.

— On a bien fini par vaincre la variole, se disait-il.

C'était vrai. Plusieurs fois la science avait éradiqué des maux jugés invincibles. Le soufre était venu à bout de l'oïdium, le cuivre soignait efficacement le mildiou. Les journaux évoquaient un savant qui travaillait à un sérum contre la rage. Qui aurait imaginé qu'un jour des locomotives à vapeur relieraient Paris au sud de la France en une seule journée ? Edmond croyait au progrès. Et donc un jour à la renaissance des vignes. Alors convertir toute sa propriété en houblonnières, non. D'autant plus que, si les ceps étaient morts, les arbres fruitiers plantés sur les mêmes rangs dans plusieurs parcelles étaient éclatants de santé.

Mais sa façon d'organiser le temps, jusque-là aussi immuable qu'un rite religieux, avait été modifiée en profondeur. À partir de décembre, après l'arrachage, une fois les labours achevés et la terre prête, Edmond se sentit désœuvré. Pour un paysan, n'avoir rien à faire est la pire des situations. Il y

avait bien çà et là quelques menus travaux : égrener le maïs, voliger les hangars, couper de la litière... Cela permettait d'occuper Camille et Yvette. On était loin de la grande activité de naguère.

*

* *

Franz était revenu chez Isnel. Il avait fait débiter des billons de pin en lamelles pour fabriquer les claies. Sans rien dire à Edmond, il était allé lui-même acheter les clous chez un quincaillier de Barbaste. Depuis que les tréfileries en produisaient mécaniquement, les clous étaient beaucoup moins onéreux qu'autrefois, aux époques pas si lointaines où des artisans les forgeaient un à un. Franz fabriqua une vingtaine de claies en une semaine. Il serait allé beaucoup plus vite avec des outils appropriés, un établi, un étau, des serre-joints.

Pour n'abandonner personne, il revenait prendre son repas de midi et celui du soir à Menjignon. Isnel ne voyait son jeune compagnon que le restant du jour. Sa présence à table lui manquait. Yvette venait lui préparer la cuisine, comme Edmond l'avait suggéré, mais ce n'est pas drôle de manger seul.

Un soir, sans pouvoir en deviner la cause, Franz décela une lueur de tristesse dans son regard.

— Quelque chose ne va pas, père Combezou ? Vous n'avez pas l'air heureux... Je sais bien que vous avez subi de terribles épreuves, mais maintenant...

Isnel avait eu cette réponse étrange :

— Heureux ? Oh, mon petit, c'est une question qu'on ne se pose plus à mon âge. On se la pose à quinze ans, à vingt ans, peut-être encore à trente. Au-delà, c'est la vie qui va, comme elle peut, et on la prend comme elle vient, en souhaitant qu'elle ne nous apporte pas trop de misères.

Au moins l'ancien meunier pouvait-il se réjouir de sa prospérité revenue. Les grumes s'entassaient autour du moulin et ses soucis financiers d'après la guerre n'étaient plus qu'un mauvais souvenir. De ceux qu'on oublie plus facilement que celui des êtres chers qui nous ont quittés.

*
* *

Un jour, un paysan de la plaine, dont les terres étaient plantées de pêchers et de poiriers, vint expliquer à Isnel qu'il lui faudrait des caisses en bois léger pour expédier ses fruits.

— Des cagettes, voilà ce dont j'ai besoin. Les corbeilles, c'est rond : une fois pleines, on ne peut ni les entasser ni les superposer. Je me suis renseigné auprès d'une scierie de Durance. Ils seraient d'accord, mais ça me fait loin. Chez vous, ce serait plus commode.

Franz avait entendu la conversation.

— Père Combezou, c'est une occasion formidable. Les cagettes, on en réclame de partout. Je ne vous en ai pas parlé jusqu'ici, mais j'ai rencontré aussi des paysans qui réclament des claies triangulaires pour disposer les pruneaux à l'intérieur des fours. Ce n'est pas compliqué, vous avez vu

comment je me suis débrouillé pour les claies à houblon. Avec la scie à ruban, rien de plus facile que de débiter des liteaux et des planchettes. Reste à les assembler. Les clous industriels, aujourd'hui, ça ne coûte pas une fortune. Et pour ce qui est de l'assemblage, avec un bon marteau, c'est à la portée de tout le monde.

— Écoute-moi, petit, je vais être franc. Du travail, avec la scierie, j'en ai plus que mon compte. Cependant, j'approuve ton idée. D'ailleurs, tu as toujours de bonnes idées. C'est Django qui t'appelle « Franz le Magique », n'est-ce pas ? Pour fabriquer des cagettes en quantité, il faut un atelier, avec un toit, des établis à l'intérieur. Si tu estimes que ça en vaut la peine, je suis prêt à le financer. À condition que tu en fasses ton affaire !

— Le financement ne sera pas aussi important que vous pouvez l'imaginer. Bien sûr, on devra construire un hangar de l'autre côté du bief, parce que de ce côté-ci nous n'avons plus de place. Pour les piliers et la charpente, ce n'est pas le bois qui vous manque, et quelques tuiles ne vont pas vous ruiner. J'ai remarqué qu'il en restait à l'ancienne tuilerie de Castex, sous les ronces, et je suis sûr qu'il nous les cédera pour une bouchée de pain. Ce qui sera plus onéreux, c'est l'achat d'une autre scie à ruban, d'une taille moindre, avec une lame plus fine. La roue à aubes est suffisante : ajoutons-y une poulie, une autre courroie, et le ruisseau fera tourner les deux métiers en même temps. La grande scie pourra continuer à débiter les billons tandis que la petite découpera les liteaux et les planchettes. Avec ça, vous doublerez votre revenu !

Isnel réfléchit un moment.

— Tu penses décidément à tout, mon garçon. Permets-moi cependant de te dire une chose à laquelle tu n'as pas songé. À mon avis, pour les cagettes, il vaut mieux un autre bois que le pin. Tu les as senties, tes claies ? Le pin a une odeur forte, celle de la résine, qui risque d'imprégner le parfum des fleurs ou des fruits. Elle s'atténuera peut-être quand les lamelles auront séché. Mais, en tout état de cause, tu devras utiliser un bois… un bois…

— Inodore ? suggéra Franz qui avait appris ce mot à l'école (« L'eau est incolore, inodore et sans saveur »).

— Oui, c'est ça, inodore. Le peuplier, par exemple. C'est le bois dont on fait les huches, afin de ne pas donner à la mie un goût désagréable. De surcroît, il est beaucoup plus léger que le pin. Or notre vallée ne manque pas de peupliers sauvages. Ces *bioulasses*[1] conviendront parfaitement. Et aussi pour la charpente : libre à ceux de la ville de préférer le pin ou le sapin, moi je dis que rien ne vaut le *bioule*. C'est moins cassant, et les vrillettes n'en sont pas aussi friandes. Du chêne pour les piliers, et du bioule pour les fermes, voilà comment je conçois les choses. Vois-tu, Franz, je t'aurai au moins appris ça !

*

* *

1. *Bioule, bioulasse : le bioule est un peuplier sauvage, très noueux. Le suffixe -asse est un augmentatif. Une bioulasse est un très vieux et très gros peuplier sauvage.*

Deux semaines plus tard, la construction de l'atelier battait son plein. Naturellement, il n'était pas question d'utiliser du bois débité de frais. Mais, depuis deux ans que fonctionnait la scierie, Isnel possédait assez de chêne et de peuplier sec en réserve. Le jour de son achèvement, le charpentier Plana, de Fargues-sur-Ourbise, noua un bouquet de fleurs au faîtage, selon la tradition.

Franz, de son côté, se rendit chez Dorian frères, à Mont-de-Marsan, commander un métier moins volumineux que la scie à grumes.

Son expédition dura deux jours. Il quitta Le Rusthe le matin du 6 décembre, à la pointe de l'aube, et emprunta l'omnibus Agen-Casteljaloux-Bordeaux jusqu'à Bazas. De là, une correspondance le conduisit jusqu'à Mont-de-Marsan. Il négocia auprès de plusieurs entreprises de transport le tarif le plus avantageux. La machine serait livrée au plus tard à la mi-janvier. Il rentra le soir du surlendemain, d'autant plus éreinté qu'en raison d'un problème de chevaux le cocher le déposa à Xaintrailles, ce qui le contraignit à finir à pied les kilomètres restants.

Minuit était proche lorsqu'il franchit la porte du moulin. Aucun bruit : Isnel était déjà couché. Il avança à tâtons, une chandelle de résine au bout des doigts. Sur son lit était posée une lettre, adressée à son nom. Sa gorge se noua. Cette écriture régulière et soignée, il lui semblait bien la reconnaître… Ouvrir, vite… Mais pas de coupe-papier à portée de la main. Il dut redescendre à la cuisine et rapporter un couteau.

*
* *

Il inclina le bougeoir, déchiffra le tampon de la poste : *Montauban (Tarn-et-Garonne)*. Puis, de crainte de s'être trompé, il relut l'intitulé de l'adresse : *Monsieur Franz Meister*

Chez Monsieur Isnel Combezou

Lieu-dit Le Rusthe

AMBRUS (Lot-et-Garonne)

Aucun doute, c'était bien l'écriture de Lison. Il sentit son cœur s'affoler. Avant de se résoudre à ouvrir, il attendit encore un moment, ouvrit l'enveloppe d'un coup de lame. Une fleur de houblon séchée glissa et tomba sur l'édredon.

Il déplia la missive.

Cher Franz,

Comme je m'en veux de ne pas vous avoir écrit plus tôt, mais nos journées sont particulièrement chargées. Je sais à quel point, dans les circonstances actuelles, mes parents doivent se sacrifier pour payer mes études. La plupart des autres normaliennes sont du Tarn-et-Garonne. Elles logent dans leur famille et n'ont pas besoin de payer la coûteuse pension. Aussi je fais tous les efforts possibles pour mériter les sacrifices que mon père et ma mère réalisent pour moi.

Ce qui la gênait, c'était l'atmosphère anticléricale qui régnait à l'école, un catéchisme tellement différent de celui qu'elle avait appris chez les religieuses. Il est vrai que celles-ci, particulièrement sœur Saint-Jean de la Porte Latine – experte

elle-même en endoctrinement –, l'avaient prévenue. Elle s'ennuyait de la campagne et de la douce vallée des Joncières. Jamais cette vie rurale ne lui avait autant manqué. Maintenant qu'elle avait mûri, elle se rendait compte à quel point cette existence simple, si proche de la nature (elle avait écrit : *cette nature virgilienne,* mais Franz n'avait pu déchiffrer l'adjectif), lui manquait.

Je vous renouvelle toute ma reconnaissance pour ce que vous faites en faveur de ma famille, tant pour mon oncle Isnel que pour mes parents. Qui sait ce qui serait advenu d'eux – et de moi-même, n'est-ce pas ? – si la Providence ne vous avait envoyé jusqu'à nous…

Pour finir, elle l'assurait de toute son amitié et espérait qu'il trouverait à son tour un moment pour lui écrire.

Et c'était tout. Rien d'autre.

Toujours ce vouvoiement distant. Dire qu'elle l'avait tutoyé le jour de l'agression… Une grâce qu'il ne connaîtrait sans doute jamais plus. Il songea avec tristesse que si papa Ulrich avait été là, il l'eût ramené à la raison : « Quand on est fils de domestique, on ne doit pas rêver à la fille de ses maîtres. »

Pourtant, Lison occupait ses pensées un peu plus chaque jour. Du temps où il était en classe à Niederwihr, M. Hamel avait lu un passage des *Misérables* où un garçon nommé Marius s'était épris de Cosette, devenue jeune fille. Parce que cet amour avait été contrarié, Marius avait cru en mourir.

Il lut et relut la lettre qu'avait parfumée la fleur de houblon. Séché entre les pages d'un livre (était-ce cette *Petite Fadette* qu'elle évoquait en écrivant à ses parents ?), le pétale de soie exhalait un arôme subtil qui embaumait la chambre.

Même s'il s'était pris à espérer, en dépit de toute logique, un message plus affectueux, il s'endormit en tenant la lettre sur l'oreiller, tout près de ses lèvres.

XXI

AVANT LES GELÉES D'OCTOBRE, les tiges de houblon furent coupées à ras. De cette façon, la souche démarrerait de plus belle l'année suivante. La seconde récolte, en effet, donna plus du double de la première. Juste avant la cueillette, ces rangées aussi denses que des haies présentaient un aspect magnifique. Les cônes y pendaient comme les décorations des arbres de Noël.

Sur l'hectare de vignes arrachées, la nouvelle plantation s'était développée de manière satisfaisante. Cependant, plus éloignée du ruisseau, elle n'avait pu bénéficier d'arrosages aussi fréquents et la production s'en était ressentie. Le printemps, il est vrai, avait été moins ensoleillé. Mais l'investissement s'était malgré tout révélé des plus rentables. Grâce aux claies, le séchage s'effectua dans les meilleures conditions, sans qu'on ait eu besoin de recourir au trousseau de Louisa.

En dépit de ces résultats encourageants, Edmond refusa de planter d'autres houblonnières. Elles représentaient pourtant un rapport appréciable, surtout en cette période de crise qui avait vu disparaître sa principale source de revenus.

Mais des échos de plus en plus insistants laissaient entendre qu'on était sur le point de découvrir un remède, du moins capable de mettre en échec le phylloxéra. Les journaux n'en disaient pas plus et, au comice même, où Franz s'était rendu pour en savoir davantage, on ne se montra pas plus disert. Il y avait eu tellement d'espérances déçues que la prudence était de mise.

*

* *

Comme l'année précédente, Lison ne revint qu'à Noël, puis à Pâques. Ainsi qu'elle l'avait écrit, l'école normale était quasiment un séminaire laïque avec une discipline de trappiste et des sorties aussi parcimonieuses que si les pensionnaires avaient été des moniales. Pourtant, les contraintes disciplinaires lui pesaient moins que la perte de sa liberté. Le soir, se poser sur un banc, un livre à la main. Se lever à l'aube, tant que la nature est encore endormie. Elle regrettait ses promenades tranquilles dans la vallée des Joncières, même si l'une d'elles avait failli lui coûter horriblement cher.

Ainsi qu'elle l'avait souhaité, Franz lui écrivit non pas au pensionnat, ce qui eût paru suspect à la direction, mais chez une amie qui résidait en ville.

« Heureusement, se disait-il, que Joseph Pène a insisté pour que je fasse une année d'école supplémentaire à Saint-Clair. J'aurais bonne mine si ma lettre était bourrée de fautes d'orthographe ! »

Il lui donnait des nouvelles de la scierie, de l'atelier de claies et de cagettes : *Votre oncle se porte bien, et vos parents aussi. J'espère qu'il en va de même pour vous.*

Elle lui répondait, lui expliqua ce que signifiait « école normale » : *Je sens bien que ce mot vous intrigue. Notre école est appelée « normale » parce que nous y apprenons les normes, c'est-à-dire les règles qui nous permettront d'exercer notre métier.* De part et d'autre, le ton était très convenu. Mais, dans la grisaille du pensionnat, les lettres de Franz constituaient une bouffée d'air pur, un peu de parfum du pays qui parvenait jusqu'à elle. Lui-même attendait ce courrier avec une impatience fébrile. Il lui arrivait de quitter le travail plus tôt afin de guetter le passage du facteur.

Le 24 janvier, elle lui adressa, sous enveloppe, une carte illustrée pour fêter son anniversaire. C'était un chromo représentant une jeune fille qui tenait un bouquet de lilas. Son anniversaire !... Comment l'avait-elle su ? Mystère. Franz n'y prêtait plus attention depuis belle lurette et il s'efforçait même d'oublier cette date. C'était le 24 janvier 1872 que sa vie avait été bouleversée...

Il la remercia par retour de courrier. Se souvenant qu'elle lui avait envoyé une fleur de houblon séchée, il joignit à sa lettre un bouquet des toutes premières violettes. Elle en fut touchée et le lui écrivit.

« Quelle étrange destinée que la mienne ! songeait Franz. J'ai la chance de réussir à peu près ce que j'entreprends, c'est vrai, mais tous les êtres auxquels je suis le plus profondément attaché

sont des absents. Ma mère, morte. Mon père, sans doute lui aussi. Django, mon presque frère, je le vois si peu. »

Il se souvint pourtant avec satisfaction qu'avant leur départ il avait glissé une bourse dans la main du jeune Bohémien :

— Tiens, prends cet argent. Avec la scierie, je dispose de quelques rentes. Tu achèteras une ourse. Quand vous m'avez recueilli, je me rappelle que Kamli était alors très chagrinée de la mort de Macha. Fais-lui ce cadeau. Cela compensera un peu tout ce que je vous dois.

Mais sa mélancolie le reprenait vite :

« Et Lison, que suis-je pour elle ? Un ami, dans le meilleur des cas, et à ce titre je dois me contenter d'une amitié désormais lointaine. »

Lorsqu'il se regardait le matin dans la glace, démêlait sa tignasse avec un peigne de corne, il prenait en horreur cette couleur rousse.

— Que mes cheveux sont laids, on dirait des carottes !

Une fille aussi belle que Lison pourrait-elle jamais s'éprendre d'un rouquin ? D'ailleurs, s'il n'avait été que rouquin ! Mais qui était-il, lui, sans famille, sans fortune, sans rien ?

Dans une autre lettre, Lison évoquait *La Mare au diable*, dont elle avait achevé la lecture et qui l'avait enchantée : *Décidément, George Sand est une romancière qui aime la nature et la vie champêtre. C'est pour cette raison que je l'apprécie.* Lui n'avait jamais lu aucun livre, en dehors des pages de Victor Hugo que ses maîtres d'école lui avaient fait découvrir. Non seulement il était roux, mais

quelle conversation pourrait-il tenir avec une institutrice, lui qui ne savait parler que scieries, cagettes, claies, houblonnières ?

Le hasard fit qu'un colporteur passa par Le Rusthe. Il allait sur une sorte de charreton, traîné par un âne. C'était un petit homme jovial. Son nom même inspirait la gaieté.

— Je me nomme Ollé, dit-il. Jean-François Ollé. Je vends des almanachs, des abécédaires, des images pieuses, des livres…

— Des livres ! Faites voir !

— Doucement, mon gars ! Les livres, ça se manipule avec précaution ! Si ça t'intéresse, j'ai des ouvrages de George Sand, tu connais ?

— Ma foi oui, un peu ! Montrez-moi.

Le colporteur se baissa vers sa carriole.

— Regarde, et ne touche pas. Je peux te proposer *Les Maîtres sonneurs, François le Champi, La Mare au diable, Maupr…*

— *La Mare au diable* ! s'exclama Franz tout joyeux. Celui-là, je vous l'achète !

En deux soirs, à la chandelle, il lut le roman tout entier. Cette lecture le passionna. Le livre évoquait la terre, les labours, toutes ces choses qu'il connaissait bien depuis son enfance. Ces pages lui paraissaient contenir des échos de sa propre existence.

D'ailleurs, une chose l'intrigua : cette histoire d'amour entre un propriétaire, Germain, et une petite servante, Marie. À la fin, ils se mariaient, malgré la différence de classe sociale. Si le livre avait tellement plu à Lison, c'est que cette situation ne l'avait pas choquée…

Il est vrai que Marie, la petite servante, n'était pas rousse et que Germain, le propriétaire, ne l'était pas non plus.

À de folles espérances succédaient aussitôt des moments de désespoir absolu.

*

* *

C'est à la veille de l'été que les journaux firent la une avec ce titre époustouflant :

« Le phylloxéra enfin vaincu ! »

Franz commençait son repas de midi chez Edmond lorsque le facteur apporta le *Journal du Lot-et-Garonne*. Tous deux s'arrachèrent fébrilement la feuille des mains. Que disait l'article ? N'était-ce pas encore une fausse nouvelle ?

Cette fois, il semblait bien que non. L'article était signé de Lafitte-Joannenque en personne. Le baron n'était pas du genre à divulguer des informations à la légère.

En fait, comme toujours en pareil cas, la presse exagérait. L'article était plus nuancé que le titre. Non, le phylloxéra n'était pas véritablement vaincu. Pour y parvenir, il aurait fallu empoisonner le sol jusqu'au-delà des racines, ce qui aurait tué les vers de terre et tous les minuscules organismes nécessaires à la végétation. Le remède aurait été plus désastreux que le mal. Mais on avait découvert une parade grâce à la greffe. Les souches américaines contenant un répulsif naturel, il suffisait d'enter, au-dessus du sol, des tronçons de plants traditionnels.

Il suffisait de… En fait, c'était un travail difficile et de longue haleine. Des mois et des mois seraient nécessaires avant de disposer de plants greffés en quantité suffisante. Puis il faudrait les planter et attendre plusieurs automnes pour espérer une première récolte. On n'était pas près de reconstituer les vignobles.

De cela, Edmond était parfaitement conscient. Néanmoins, il exultait. Franz le vit même pleurer de joie. Son chai tout neuf, ce chai dont il était si fier, allait pouvoir servir à nouveau. Dans quatre ans, cinq peut-être, mais enfin cette fois c'était sûr. Il avait eu raison de ne pas désespérer et de croire qu'après ce désastre une renaissance viendrait.

Face à cet immense bonheur, cette issue heureuse qui balayait tant d'heures sombres, Franz s'interrogea, songea à ses propres détresses : son père, Lison…

« Peut-on croire toujours en ce que l'on espère ? » se disait-il.

C'était là une grande question.

*
* *

En même temps que cette divine nouvelle arrivèrent aussi les vacances d'été, que l'on appelait de plus en plus les grandes vacances car elles duraient deux mois, et parfois davantage dans certaines régions.

C'est Edmond, cette fois, qui alla chercher sa fille à la gare.

À peine Lison eut-elle déposé ses bagages qu'elle se mit en tenue de paysanne, comme l'année précédente. Elle alla rejoindre sa mère et Yvette qui emballaient les pêches. Les cagettes toutes neuves provenaient de l'atelier du Rusthe. Sur les conseils de Franz, Isnel avait également acquis une machine à fabriquer de la frisure. Ils la livraient en balles de quarante livres nouées avec de la ficelle de lieuse. Disposée au fond des cagettes, la fibre souple y accueillait les pêches en douceur, les calant délicatement et les empêchant de se heurter.

Les mains fines de Lison étaient des plus habiles. En outre, au premier coup d'œil, elle parvenait à repérer les fruits de même calibre de façon à présenter un emballage homogène.

Ces derniers temps, Franz travaillait plutôt à la scierie, mais le retour de la jeune fille l'incita à revenir du côté de Menjignon.

— Laissez ! Laissez, monsieur Edmond ! Je vais m'occuper de la pesée !

Porter les cagettes pleines à la bascule n'était pourtant pas un travail de gringalet. Il fallait les y ranger par tas de dix, les peser, en noter le poids sur un carnet, agrafer des étiquettes, puis décharger, recommencer avec dix autres cagettes, embarquer le tout dans la calèche et les convoyer en fin d'après-midi jusqu'à la gare d'Aiguillon.

Ce travail accompli, Franz rentrait au moulin le dos courbatu, tard dans la soirée, sans avoir pu échanger autre chose qu'un « bonjour » ou un « bonsoir » avec Lison.

*

* *

Le soir du 12 juillet, une surprise l'attendait devant la scierie : les deux roulottes de la tribu Zampa étaient dans le pré. Roméo et Tybalt s'égaillaient au bord du ruisseau. Boulou broutait l'herbe paisiblement, tandis que Kalari, selon son habitude, s'était écarté d'une bonne centaine de mètres et longeait la rive en remontant vers Ambrus. En voyant arriver Franz, il fit un bond et galopa vers lui en poussant des hennissements d'allégresse.

Au cours des dernières semaines, les journées de Franz avaient été tellement chargées – à moins que la pensée de Lison lui ait totalement absorbé l'esprit – que le retour annuel de ses amis gitans ne l'avait même pas effleuré. Sa joie et son émotion en furent d'autant plus fortes. Comme les années précédentes, il ne manquait que Lazlo.

— Sais-tu, Franz, que le voilà père de famille ?

Zordan débordait de fierté.

— Sacré fiston, il nous a fait une paire de jumeaux. Deux magnifiques garçons. Quand lui et Djali auront fini de roucouler là-bas, nous pourrons compter sur quatre éléments de plus. Notre troupe pourra former un vrai cirque ! Le cirque Zampa ! D'autant plus que…

Il chercha autour de lui.

— Kamli, approche-toi, et montre-lui Sabaka !

La jeune fille sortit de derrière sa roulotte, tenant en laisse une ourse dandinante à la belle houppelande brune.

— Merci, Franz, dit-elle simplement. Grâce à toi et à cette nouvelle artiste, notre succès ne s'est pas démenti !

Kamli était devenue d'une beauté rare, capiteuse, quelque chose d'oriental et de sauvage. Sa féminité s'était accomplie, son corps avait pris les formes les plus ravissantes. Avec ses cheveux de jais, ses yeux noirs, sa peau mate, c'était une splendeur de Bohémienne.

Mamie Marishka s'était encore étoffée, elle aussi, et paraissait avoir doublé son poids des années précédentes.

— Je ne mange pourtant pas plus que les autres, mais tout me profite !

On sentait que la petite troupe n'avait pas souffert de la misère. Les temps étaient devenus meilleurs. La présence de l'ourse avait sans doute contribué à cette prospérité.

Franz embrassa tous ces chers vieux amis qui l'avaient sauvé autrefois et conduit jusqu'à cette vallée où il était maintenant quelqu'un de respecté, apprécié par tout le monde. L'émotion était largement partagée car jamais les Zampa ne lui avaient paru aussi chaleureux. Leur joie de retrouver le petit Alsacien semblait même plus intense que les autres années.

*
* *

Schneiter avait reçu une grosse commande pour un chantier urgent du côté de Castres. Quoique la soirée fût déjà largement avancée, il était

impossible d'attendre. Le personnel s'affairait, poussant les billons sur le chariot, entassant les bastings débités.

— Je suis désolé, s'excusa Franz, je suis à vous dans un moment, mais il me faut d'abord donner un coup de main.

Enfiévré par les retrouvailles, préoccupé par le retard qu'avait pris l'ouvrage, il ne remarqua pas tout de suite un homme, de dos, qui semblait observer la rotation de la scie avec une attention particulière. Il est vrai que l'obscurité croissante estompait les formes. Était-ce le propriétaire forestier à qui appartenaient les grumes ? Franz était habitué à voir tellement de monde autour de la scierie qu'il n'y prêta pas autrement attention.

Quand le travail fut enfin achevé et que cessa le crissement aigu de la lame, Franz s'aperçut que l'homme était toujours à la même place. En le regardant mieux, il le vit pauvrement vêtu. C'était curieux pour un propriétaire.

Django n'avait pas osé déranger son ami pendant le sciage. À présent, il pouvait le rejoindre. Les deux jeunes gens s'étreignirent avec une ferveur que rien n'avait diminuée.

À ce moment, l'inconnu se retourna. Franz le regarda mieux, mais son visage était aux trois quarts dissimulé sous une barbe de plusieurs semaines. Il ressemblait un peu à Isnel tel qu'il l'avait vu pour la première fois.

L'homme observait Franz. Il s'appuyait sur un gros bâton noueux qui lui servait de canne. Enfin, il prononça quelques mots, si faiblement que Franz lui demanda de répéter :

— Pardon, monsieur, vous dites ?

— Franz… tu ne me reconnais pas ?…

Il y a des nuits d'été où des pluies d'étoiles dégringolent du ciel. C'est un peu ce qui se passa dans la tête de Franz. Des lumières qui se mirent à tournoyer. Un tourbillon d'images qui resurgirent.

— Papa ! C'est toi… Mon Dieu !

XXII

FRANZ N'AURAIT PAS ÉTÉ PLUS MÉDUSÉ s'il avait vu, au milieu d'un cimetière, s'ouvrir une tombe et en sortir un mort-vivant.

À demi incrédule, se demandant s'il n'était pas victime d'une cruelle hallucination, il s'avança vers son père, l'enlaça de toutes ses forces.

— Mais comment, papa ?... Mais comment ?...

Appuyé sur son bâton, Ulrich avait du mal à tenir debout. Isnel s'avança, leur fit signe d'entrer, approcha des chaises autour de la table. Par pudeur, les Gitans regagnèrent leur roulotte.

— Papa... La nuit où nous nous sommes enfuis de la forêt, les uhlans ont tiré du côté où tu es parti !

— Oui, c'est vrai, et ils m'ont touché au genou. C'est pour cette raison que je boite, et que je boiterai jusqu'à la fin de mes jours, malgré les efforts du médecin qui a extrait la balle. Mais j'ai serré les dents, je n'ai pas crié, je suis resté immobile, plaqué au sol, jusqu'à ce qu'ils s'en aillent. J'étais allongé sous des sapins. Ni la lueur de la lune ni celle des étoiles n'y filtraient. Ne me trouvant pas, ils ont cru m'avoir manqué. Quand je les ai jugés

suffisamment loin, je me suis traîné jusqu'à une ferme où une veuve charitable m'a accueilli. Son mari avait été tué à la guerre.

Pendant le récit, Isnel était allé tirer du vin à la cave et, sans parler, disposait les verres.

— Cette femme, poursuivit Ulrich, elle était de la haute. Son château avait brûlé pendant les affrontements. À la suite de ces désastres, elle s'était retirée dans une de ses métairies. Elle connaissait beaucoup de monde, notamment un docteur qui est venu me soigner. Il a fait ce qu'il a pu. Sûr qu'à l'hôpital, j'aurais reçu de meilleurs soins, avec des locaux et du matériel appropriés, mais enfin sans lui je risquais la gangrène et l'amputation. Il m'a sauvé la jambe.

— Et tu es resté dans cette ferme pendant ces cinq années ?

— Hélas non, pas plus de six mois. L'officier que tu avais menacé de son pistolet s'était juré de me retrouver. Avec une prime à la clé pour qui fournirait des renseignements. Alors, un jour, quelqu'un m'a dénoncé et j'ai passé trois ans en prison. Quant à toi, ils te croyaient morts… Et moi aussi, mon petit, je pensais la même chose…

Subitement, Franz renia les bons sentiments qui l'avaient habité quelques mois plus tôt, quand il regrettait que l'école, avec ses « bataillons scolaires », ses chansons revanchardes, entretienne une animosité malsaine. Ah oui, il les renia ! Au contraire, on avait bien raison de vouloir se venger des Prussiens.

— Sale espèce que ces Boches ! Décidément, ils ne sont pas constitués comme nous. Arrogants, cruels, avides...

— Ne dis pas ça, Franz... Ne dis pas ça... Je vais te donner un exemple qui te fera changer d'avis. Comme je te l'expliquais, une forte récompense avait été promise. Eh bien, devine qui a été le délateur ? Un Prussien ? Pas du tout ! C'est un petit Alsacien de douze ans, le fils d'une servante de la châtelaine. Ayant remarqué ma présence, il a compris que c'était moi qu'on recherchait. Quand il a su le montant de la prime, il est allé me dénoncer, lui, un petit Alsacien !...

— Papa, c'est lamentable, en effet, mais ça ne rend pas les Prussiens meilleurs pour autant.

— Laisse-moi finir. Lorsqu'ils m'ont conduit au quartier général, ils ont emmené cet enfant avec eux. Les locaux étaient gardés par deux vieux militaires, des réservistes envoyés pour « la pacification du pays », comme ils disent. Lorsque l'enfant est passé près d'eux, j'ai vu la réprobation sur leurs visages, et j'en ai entendu un qui murmurait : « Bas chôli, ça... Bas chôli... » Et l'autre a ajouté : « Ch'aimerais mieux mourir que foir mon fils faire une chose bareille... »

Franz se taisait, atterré.

— Eh oui, mon garçon, c'est ainsi. La châtelaine qui m'a hébergé, c'était une grande dame. Quoiqu'elle ait beaucoup souffert, elle m'a expliqué et convaincu que les hommes ne sont ni meilleurs ni pires d'un côté que de l'autre de la frontière. Les hommes sont ce qu'ils sont, voilà tout. C'est la guerre qui est terrible. La guerre, et cette rapacité

qui pousse les peuples à accaparer un pays qui ne leur appartient pas. Pauvre femme !

— Pourquoi dis-tu « pauvre femme » ?

— Parce qu'elle a été arrêtée à son tour. Pour m'avoir caché, elle a fait un an de prison. Je ne pourrai jamais réparer cela. Ah oui, j'ai beaucoup appris d'elle. Les conversations qu'elle a eues avec moi m'ont fait réfléchir sur bien des choses. Ainsi, parmi les Alsaciens qui ont fui, beaucoup sont partis en Algérie se refaire une nouvelle existence. Qui peut dire s'ils sont les bienvenus là-bas ?

— Mais enfin, papa, ce pays est à nous !

— Oui, c'est ce qu'affirment ceux qui nous gouvernent. Et pourquoi est-il à nous ? Parce que nous avons vaincu Abdelkader. Peut-être les indigènes nous considèrent-ils de la même façon que nous considérons les Prussiens : des envahisseurs. Tu vois, Franz, rien n'est simple.

*
* *

La discussion entre le père et le fils dura longtemps. Franz demanda des nouvelles du pays perdu. Mais, de Niederwihr, Ulrich savait peu de choses. Ses anciens patrons, les Schüller, il n'avait jamais osé aller les saluer de peur de les compromettre. M. Hamel avait quitté le pays. Selon certains échos, il s'était établi du côté de Lyon, où il tenait une école. Le curé Diringer se portait bien. Quant au vieux Müller, il était mort l'hiver dernier, et personne ne l'avait remplacé aux claviers de l'orgue.

À présent, la nuit était tombée. Franz aurait posé encore beaucoup de questions, s'il n'avait senti son père à bout de forces. Ulrich avait voyagé avec les Bohémiens, dans leurs roulottes, avec les cahots, la poussière des routes, les repas aléatoires : pour qui n'est pas habitué, c'est une expédition éprouvante. Surtout quand on n'est plus tout jeune. En outre, Ulrich semblait souffrir cruellement de sa jambe. Franz le voyait se frotter la cuisse avec le plat de la main.

— C'est le sang qui circule mal, arguait-il pour se justifier.

Le père et le fils dormirent ensemble. La traversée de la France avait duré plusieurs mois. Ulrich couchait sur des lits de fortune. Sans parler des années de prison dans une geôle glaciale.

— Que c'est bon ! répétait-il. J'avais oublié quel bonheur cela peut être qu'une paillasse, des draps, un édredon de plume...

Ulrich se trouvait dans un tel épuisement qu'il resta endormi, le lendemain, jusqu'au milieu de la matinée. Franz, lui, se leva de bonne heure. Le sommeil avait eu du mal à le gagner tant les événements de la soirée cognaient dans sa tête. Quelle joie sans pareille lui était tombée dessus ! Il était bouleversé. Plusieurs fois, dès qu'il commençait à s'assoupir, son tintamarre intérieur le réveillait en sursaut. Avait-il rêvé ? Il étendait la main et touchait le corps de son père. Non, ce n'était pas un rêve. À d'autres moments, c'étaient des cauchemars : Django lui annonçait qu'Ulrich était mort, que les Prussiens l'avaient fusillé. Il se redressait

en sueur, allumait la chandelle. Comment se rendormir après ?

Les premières lueurs de l'aube scintillèrent enfin. Franz n'y tenait plus de rester couché sans sommeil. Ses amis gitans, déjà debout, l'attendaient dehors, impatients de lui raconter comment ils avaient rencontré Ulrich.

— C'est grâce à Lazlo, expliqua Zordan. On peut dire que ça a été une sacrée chance. La tribu de Djali s'était fixée pour quelque temps du côté de Colmar. Pas plus qu'avant, les Prussiens ne portent les Tziganes dans leur cœur, mais enfin ceux-là se sont débrouillés pour ne pas avoir d'ennuis avec la justice. Ils sont tolérés. *Persona grata…* à condition de ne pas quitter l'Alsace, et de s'y bien conduire.

— Parfaitement, de s'y bien conduire ! Mon fils, je l'ai bien élevé ! ponctua Marishka de sa voix sonore.

Zordan soupira, un peu agacé par cette interruption.

— Ma chère épouse, tu as raison, quoique, enfin, vivre honnêtement, quand on n'a rien, ce n'est pas facile ! Pour peu que vous chipiez une malheureuse poule, on vous envoie derrière les verrous. Et de ça, pas question pour Lazlo : Djali et ses mioches, il doit les nourrir. Alors nous, on l'a pas laissé tomber. Tous les ans, il nous attend à Belfort, et on lui laisse des paniers à vendre pour le marché de Colmar. Notre façon de tresser en y mêlant des sigorres, ça a attiré l'attention des autres vanniers.

Un cigare entre les lèvres, Marishka fit craquer une allumette dont la flamme vive rougeoya sur son visage. On aurait dit une marmite de cuivre.

— Ouais, fit-elle, ils étaient même un peu jaloux, les autres vanniers, du fait que Lazlo vendait sa marchandise moins cher que la leur.

— Marishka, c'est moi qui raconte ou c'est toi ? Moi, je me mêle pas de lire l'avenir dans les cartes ou le marc de café. Alors tu es priée de pas me couper la parole !... Bon, où j'en étais ?... Ah oui, les autres vanniers. Ils ont discuté ensemble. Lazlo leur a parlé de la vallée des Joncières, avec des osiers, des bambous, des joncs, tant qu'on en veut... Des joncs de toutes les espèces... En particulier, ces sigorres qui nous permettent de travailler plus vite et pour moins cher.

— Enfin, papa, intervint Kamli, tu délayes comme si on était au spectacle ! Ce qui intéresse Franz, c'est comment a été retrouvé son père !

Zordan explosa :

— Si ce sont les femmes qui commandent maintenant, et surtout si vous racontez mieux que moi, salut la compagnie, je vais au travail et je vous invite à pas trop tarder.

Il tourna les talons, fit signe à Django de le suivre et continua à grommeler :

— C'est plus possible, vous verrez que bientôt elles se mêleront de tout et qu'elles nous mangeront la soupe sur la tête. Ah, si l'empereur était resté, ça ne se serait pas passé comme ça !

En fait, pas plus Kamli que Zordan ou Marishka ne savaient ce qui s'était passé réellement. La seule certitude, c'est qu'en s'expliquant avec un vannier, sur le marché de Colmar, Lazlo avait raconté leurs expéditions quasi annuelles dans le Sud-Ouest. Leur rencontre avec un petit rouquin, qu'ils avaient

emmené avec eux. Tout en conversant, ils s'étaient aperçus qu'un pauvre estropié, appuyé sur une béquille, les écoutait.

— Un petit rouquin ?

L'estropié posa des questions. À peu près de quel âge ? Comment se prénommait-il ? De fil en aiguille, le rapprochement s'effectua.

— Pas de doute, conclut Lazlo. Le gamin que nous avons recueilli voilà cinq ans, ce ne peut être que son fils.

Certes. On n'était pas près, pour autant, de les faire se rencontrer. Comment Ulrich pouvait-il prévenir Franz sans alerter l'administration allemande ? Le jeune rebelle était toujours recherché et passible de représailles. De quelle façon aller le rejoindre ? Ulrich, qui avait frôlé la misère absolue à sa sortie de prison, n'avait pas de quoi se payer une traversée de la France. Il n'avait évité la mendicité qu'en rendant çà et là de menus services. Notamment dans un couvent de visitandines. En échange du gîte, du couvert et de quelques étrennes, il y effectuait un peu de jardinage.

— La seule solution, lui avait conseillé Lazlo, c'est d'attendre que ma famille repasse par ici. En principe, ils reviennent tous les ans vers Noël. Ils me ravitaillent en paniers, ou encore ils m'apportent quelques brassées de ces sigorres. Je suis persuadé qu'ils accepteront de vous conduire jusqu'à votre fils.

À la mi-décembre, Lazlo partit pour Belfort avec sa roulotte et emmena Ulrich avec lui. Comme prévu, les Zampa furent de retour vers le 20 décembre. Lorsque Lazlo leur présenta le père

de Franz, c'est à peine s'ils purent le croire. Au début, peut-être pour rassurer leur petit compagnon, ils s'étaient persuadés que le fugitif était vivant. Puis leurs espoirs s'étaient amenuisés. Marishka avait tenté de mettre à profit ses dons de voyance : les cartes et la boule de cristal étaient restées muettes. Tout en continuant à formuler des vœux et des prières, ils avaient fini par se faire à l'idée que le malheureux n'était plus de ce monde. À l'instant où Lazlo leur présenta cet homme vieilli en leur disant : « Voilà, c'est le père de Franz », ils n'auraient pas été plus stupéfaits si la statue de sainte Sara s'était mise à marcher. Le père de Franz ! Cet homme qui avait fui à travers la forêt, poursuivi par les Prussiens ! Le coup de fusil ! Avec quelle joie ils consentirent à l'amener jusqu'à la vallée des Joncières !

— Seulement, on vous prévient, la roulotte c'est pas le wagon de première classe : chez nous, le confort laisse un peu à désirer !

Ulrich se moquait bien du confort, lui qui s'était traîné durant des heures avec sa jambe blessée avant de connaître les geôles prussiennes. Son fils était vivant, il allait le revoir, cela seul avait de l'importance.

*

* *

La nouvelle de l'arrivée d'Ulrich se propagea dans la vallée, provoquant une onde de joie. Les hommes, les animaux, les plantes, tout semblait

frémir d'allégresse. Kléber Castex se déplaça jusqu'à Menjignon pour le saluer :

— Comme vous, monsieur, j'ai été victime d'un monarque tyrannique et injuste. Je tiens à vous dire ma totale solidarité et à vous souhaiter la bienvenue. Vive la République !

Zordan et Marishka décidèrent que le dimanche suivant tous iraient à Ambrus remercier la bonne Sainte Vierge de ce qui ne pouvait être qu'un miracle.

— Parfaitement, un miracle, insista Zordan. Dites ce que vous voudrez, moi j'appelle ça un miracle. Et je peux affirmer sans mentir qu'on a tous prié Marie Salomé et Marie Jacobé aux Saintes-Maries-de-la-Mer, la Vierge de Rocamadour, Notre-Dame d'Ambrus, et surtout sainte Sara toutes les fois qu'on a pu.

Franz, lui, pensa à la vallée de Josaphat, ce rapprochement qui l'avait effleuré au tout début de son périple. Avec l'annonce du décès de Pierre, la déchéance d'Isnel, puis l'implacable agonie des vignes, cette idée lui était revenue avec un goût amer. Maintenant, la situation avait changé. Comme à Josaphat, la vallée des Joncières s'avérait aujourd'hui celle de la résurrection.

Marishka était si heureuse qu'elle ne put s'empêcher de prendre part aux épilogues :

— Merci, Sainte Vierge, de nous avoir écoutés ! fit-elle en baisant une médaille. Parce qu'elle est la bonne Mère de Notre-Seigneur Jésus, elle sait ce que c'est d'avoir été séparée d'un fils, et elle a réalisé ce miracle pour nous.

— D'accord, approuva Louisa, vous irez tous à Ambrus dimanche. Yvette et moi, nous restons pour cuisiner. On va tous se réunir avec un repas dont vous vous souviendrez ! Un miracle, ça se fête !

Edmond, Louisa, Lison, Isnel, Franz, Ulrich et les quatre Gitans : douze convives. Encore un miracle puisqu'on avait échappé au fatidique « treize à table » qui eût causé bien du tracas. Préposée au service, Yvette décida de ne pas s'asseoir et Camille profita de cette journée pour aller rendre visite à sa cousine Hortense. Mais enfin douze, c'était plus que n'en pouvait contenir la table familiale. Alors on procéda comme pour les dépiquages : dehors, trois comportes en guise de tréteaux et deux anciennes portes qui ne servaient plus qu'à cet usage.

Louisa et Yvette mirent les petits plats dans les grands, autant que pour un repas de noce : œufs mimosa et galantines en entrée, suivis de poules au pot à la mode Henri IV, et une paire d'oies grasses pour le rôti. Aucun risque de mourir de faim. Lison s'était chargée de la tarte aux pêches pour le dessert.

Elle vint s'asseoir à côté de Franz.

Edmond rapporta du chai plusieurs vieilles bouteilles qui se bonifiaient sous les cuves.

— Du vin d'avant le phylloxéra ! lança-t-il avec émotion. Formons le vœu que d'ici cinq ans le vignoble sera replanté et qu'ensemble on dégustera le vin nouveau.

L'allégresse aidant, toute la tablée trinqua de bon cœur. Assis entre Edmond et Louisa, Ulrich

était si profondément ému qu'il peinait à répondre. Il aurait voulu exprimer davantage sa reconnaissance. Mais ses yeux, ses pensées ne pouvaient se détacher de son fils et sa gorge restait nouée.

Isnel était placé à côté de Kamli. Quoique proche de la cinquantaine, il ne semblait pas indifférent à l'éblouissante beauté de la jeune Gitane. Les grands malheurs ne s'oublient jamais, simplement les dieux accordent parfois des moments de répit.

*

* *

À plusieurs reprises, il sembla à Franz que Lison appuyait son genou contre le sien. Il pensa à une maladresse et s'écarta. Peu après, la pression du genou se fit à nouveau sentir. Presque aussitôt, sans se soucier d'être vue, elle lui prit la main.

— C'est un beau jour, Franz, n'est-ce pas ?

Troublé, ne sachant que répondre, il balbutia :

— Oh oui, je suis tellement heureux… d'avoir retrouvé mon père.

Elle approcha sa tête et lui glissa un baiser près de l'oreille.

— Et moi, tu n'es pas heureux de m'avoir près de toi ?

Elle continuait de lui tenir la main et la serra plus fort. Alors mi-sérieux, mi-badin, il risqua :

— Enfin, il fait beau, Dieu merci, parce que s'il pleuvait, mon odeur de rouquin…

— Franz, tu m'en veux donc toujours ! Pourtant, je m'en suis déjà excusée auprès de toi. Aujourd'hui, je t'en demande pardon. Ces mots n'étaient rien

d'autre que les sottises d'une gamine impertinente ! Car c'est bien cela que j'étais. Sotte et impertinente. Mais enfin, Franz, depuis, il s'est passé quelque chose entre nous... À la tuilerie... Tu t'en souviens, n'est-ce pas ? Ce jour-là, j'ai mûri d'un seul coup. J'étais tellement bouleversée, tellement abandonnée... Tu pouvais faire de moi ce que tu aurais voulu. Je suis sûre que tu l'as senti et que tu n'en as pas abusé parce que tu es un garçon honnête.

Il la laissait parler, s'efforçant de dissimuler son extase.

— Franz, après cela j'étais si honteuse que j'ai évité de te rencontrer ou même de croiser ton regard. C'est aussi pour cette raison que je n'ai plus osé te tutoyer. Peut-être as-tu pris cette réserve pour de la froideur ?

Comme il ne répondait rien, elle ajouta :

— Je sais pourtant que je ne te suis pas indifférente. Tu as des yeux qui parlent. Et il n'y a pas que tes yeux : un jour, chez mon oncle, je peux bien te l'avouer, je suis montée dans ta chambre. D'ailleurs, je me souviens maintenant, j'y suis montée deux fois, ce qui te prouve bien... l'intérêt que je te porte. La première, j'y ai trouvé tes papiers, ta date de naissance. C'est comme ça que j'ai pu te souhaiter ton anniversaire. Mais surtout, la seconde fois, j'ai vu, sur la table de nuit, le beau portrait que tu as fait. Mon portrait, Franz... Si tu pouvais savoir à quel point cela m'a touchée !

De pâle qu'il était, le visage de Franz s'empourpra. L'espace d'un éclair lui revint la prière des Gitans : « Quiconque pense du mal de nous,

change son cœur pour qu'il en pense du bien. »
Sainte Sara l'aurait-elle exaucé ?

Lison poursuivit, décidée à tout lui révéler maintenant :

— J'ai vu aussi tout ce que tu as réalisé pour Isnel, pour son moulin, et je sais ce que tu as été pour mon père après la mort de ses vignes. Tu es généreux, habile, ingénieux. Même artiste, puisque tu dessines si bien. Peu d'hommes te valent, Franz… À vrai dire, je n'en connais aucun autre…

— Oui, mais enfin, un rouquin… Tu n'as pas peur qu'on se moque de toi et que…

Cette fois, elle le fit taire en lui collant, aux yeux de tous, un long baiser sur les lèvres.

Remerciements

J'adresse ma reconnaissance aux auteurs qui ont contribué à m'inspirer ces pages, parfois au hasard d'une simple phrase. Il ne s'agit pas d'un plagiat mais d'un hommage que j'ai voulu leur rendre, en remerciement du bonheur que leur lecture, au fil de ma vie, a su m'apporter : Alphonse Daudet, Jules Renard, Hector Malot, François Mauriac, René Bazin, Marcel Prévost, André Dhôtel, Boris Vian, Victor Hugo, George Sand, et quelques autres que je laisse deviner aux lecteurs.

Dans la même collection

Dans la même collection

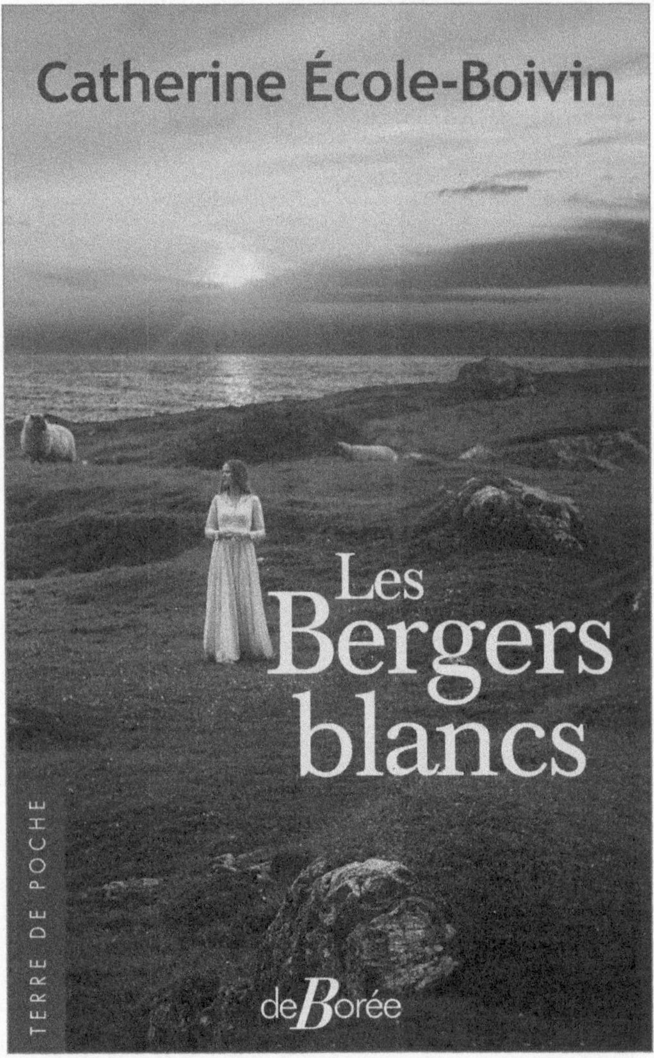

Imprimé en France par CPI
en février 2021
N° d'impression : 2056337
Dépôt légal : mai 2021
ISBN : 978-2-8129-3274-8
ISSN : 1627-6779
www.deboree.com
livres@centrefrance.com

Suite de la bibliographie de l'auteur.

L'Encre et la Sève, Grand Prix de la ville de Toulouse 2010
L'Histoire de France racontée aux enfants… et à leurs parents
La Terre blessée
La Vie d'autrefois en France racontée par les anciens livres d'école
La Vie religieuse des campagnes d'autrefois
Le bonheur n'est plus dans la classe
Le Chemin des Cablacères
Le Duc d'Aiguillon, ministre de Louis XV
Les Collines de la Canteloube
Les Ombres du canal
Ma Gascogne gourmande
Olivier, album jeunesse
Prends la lune, Baya !
Rémi, album jeunesse
Robinson, album jeunesse
Trousse-Peilhot

ALAIN PARAILLOUS

LA VALLÉE DES JONCIÈRES

de Borée
TERRE DE POCHE